AF200899

Beau Rubin

FUNKEN
FLUG

3R

Bibliografische Informationen der Deutschen Nationalbibliothek:
Die Deutsche Nationalbibliothek verzeichnet diese Publikation
In der Deutschen Nationalbibliografie, detaillierte bibliografische
Daten sind im internet über http://dnb.dnb.de abrufbar.

Copyright © 2018 by Beau Rubin
All rights reserved

Covergestaltung, Abbildungen und Satz:
Beau Rubin

Herstellung und Verlag:
BoD - Books on Demand, Norderstedt

ISBN: 978-3-7481-0310-3

Weitere Informationen unter
www.beau-rubin.com

Für alle S.

Der Brandstifter

August 1988

Wie war mir doch, als ich das brüchige Zettelchen zum ersten Mal in den Händen hielt, noch zum Lachen zumute; zum einen, weil ich die frühen Vormittagsstunden bereits mit einer guten Flasche Weißwein begrüßt hatte und zum anderen, weil dieser Fetzen Papier doch unmöglich etwas mit meiner Person zu tun haben konnte. Ein vergilbtes Dokument aus einer anderen Epoche. Amtlich gestempelt von der Reichskulturkammer im Kriegsjahr 1943. In Auftrag gegeben und mit Schmiss unterzeichnet von Generalfeldmarschall Hermann Göring persönlich. Und im Feld des Adressaten stand zu lesen: Konrad Gerstenberg. Mein Name eben.

Das Ganze war natürlich völlig grotesk und da ich weder Menschen mochte, die mir unaufgefordert an der Wohnungstür absurden Papierkram aufnötigten, noch Willens war, der zufälligen Namensgleichheit irgendeine Bedeutung beizumessen, ließ ich meiner morgendlichen Trunkenheit freien Lauf:
„Ja, leck' mich fett! Mein Name unterm Hakenkreuz. Da bekommt man doch gleich Lust Polen zu überfallen. Und was soll ich jetzt damit? Sicher, hier steht mein offizieller Taufname drauf, aber das Dokument wurde Jahrzehnte vor meiner Geburt ausgestellt. Ich glaube, Sie sind im falschen Bunker, mein lieber Freund."

So redete ich unbedarft und angeheitert daher, mehr zu meiner eigenen Belustigung, als in der Absicht mit meinem Gegenüber eine Unterhaltung beginnen zu wollen. Ich vermisste in diesem Augenblick lediglich ein gut gefülltes Weinglas in meinen Händen...

Jetzt aber, im Widerschein des Kerzenlichts, jetzt, nachdem ich über alle Einzelheiten im Bilde bin und das Opfer einer teuflischen Intrige wurde, falte ich dieses brüchige Stückchen NS-Geschichte ohne jede Heiterkeit auseinander. Gleich oben prangt eitelstolz der Reichsadler, dessen Klauen ein lorbeerverschnörkeltes Hakenkreuz tragen; darunter einige Zeilen in Schreibmaschine, deren Inhalt und Bedeutung – das weiß ich heute – einen fast verloschenen Funken wieder zum Glühen brachten.

Ein Funke genügt... Und sei er noch so klein und unscheinbar. Mag so dereinst ein strenger Schulmeister vor dem schmächtigen Adolf gestanden haben; nannte ihn vielleicht ein kleines Lichtlein, nannte ihn möglicherweise einen unbedeutenden Wicht mit belangloser Zukunft. Sprach also Worte, die ihm selbstverständlich erschienen. Und warum auch nicht?

So trivial, beiläufig und jenseits aller Wahrnehmung werden bisweilen jene Funken geschlagen, die unser Dasein in Brand setzen. Und sei es durch einen tausendfach verwendeten Behördenstempel der Reichskulturkammer, der im Kriegsjahr 1943 wuchtig auf einem Stückchen Papier niederging und so eine Flamme entfachte, die nicht mehr verlöschen wollte. Ziemlich betrunken, eigentlich schon halb besoffen und elendig hoffnungslos war ich an jenem Spätsommermorgen, als der Funke niederkam und endlich den Flächenbrand entzünden durfte, der die Daseinsberechtigung seines langen rußigen Weges war. Wie ein Brandbeschleuniger kam der Funke nun in mein Leben, nachdem es dreimal unschuldig an meiner Haustüre geschellt hatte...

In Memoriam

August 2018

In geraden Bahnen fiel der Regen auf die kleine Tankstelle am Ende der Ortschaft. Im Licht der Laternen dampfte der Asphalt und spie kleine Wolken aus. Ein schwarzer Geländewagen fuhr langsam vor die Zapfsäulen, startete dann aber wieder durch und parkte in einer dunklen Seitenstraße. Die Scheinwerfer des Wagens erloschen und eine Frau stieg aus dem wuchtigen Fahrzeug. Mit gemessenen Schritten ging sie zu der Tankstelle zurück und betrat den Verkaufsraum. An der Kasse stand eine junge weibliche Aushilfskraft, sonst war niemand anwesend. Die Frau nahm auch im Ladeninneren die Kapuze ihres schwarzen Regenmantels nicht ab und ging zielstrebig auf die Verkaufstheke zu. Sie analysierte die Kassiererin mit einem schnellem Blick; es brauchte allerdings nicht viel, um das Wesen hinter der Theke auf seine Gefährlichkeit hin einzuschätzen. Das Mädchen lauschte über kleine weiße Kopfhörer, die mit einem Smartphone verbunden waren, irgendeiner Musik. Ihr Oberkörper bewegte sich gleichmäßig im Takt und ihre leicht geöffneten Lippen schienen stumm mitzusingen.

Die Kleine stellte keine Gefahr dar, dessen war sich die Frau sicher, während sie im Vorbeigehen einen Blick auf die Zeitschriftenauslage warf und dort auf einigen Titelseiten ihr Gesicht entdeckte. Allerdings schenkte sie diesen Bildern keine besondere Beachtung mehr, denn sie war es gewohnt überall auf Abbildungen ihrer Person zu stoßen. Die Kassiererin schenkte – pubertär gelangweilt – nur den notwendigsten Teil ihrer Aufmerksamkeit der neuen Kundin.

„Sie wünschen?", nuschelte sie desinteressiert.

Die Frau nahm dankbar zur Kenntnis, dass sie unerkannt blieb. Das war gut. Das war sogar absolut notwendig. Beim Betreten des Ladens hatte sie ihre Kapuze weit in die Stirn gezogen und stand nun mit dem Rücken zu der Videokamera, die von der Decke aus den Raum überwachte. Sie konnte Kameras mittlerweile buchstäblich wittern und wusste instinktiv, wie man deren Existenz entweder gewinnbringend nutzte oder entschieden umging.

„Eine Flasche Jack Daniels und eine Schachtel Lucky Strikes."

Ohne sich ihre Kundin weiter anzusehen stellte die Kassiererin die Bestellung zusammen, scannte die Waren ein und nannte den Preis. Die Frau im Regenmantel bezahlte bar und verließ nach einer kurzen Abschiedsfloskel den Verkaufsraum, ohne ihr Gesicht der Überwachungskamera zu zeigen. Draußen fiel immer noch ein warmer nächtlicher Sommerregen, der allerdings langsam an Kraft verlor. Die Frau ging zu ihrem Wagen zurück und holte einen Schirm aus dem Kofferraum.

Die Whiskyflasche in der einen und den Regenschirm in der anderen Hand, lief sie zur Hauptstraße zurück, überquerte die Fahrbahn und ging über einen Fußweg zu der bewaldeten Anhöhe, auf deren Plateau der Friedhof der kleinen Gemeinde lag. Sie öffnete das schmiedeeiserne Tor, hinter dem ein gepflegter Kiesweg zu den Gräbern führte. Als wäre der Himmel ihr wohl gesonnen, brach der Mond durch die Regenwolken, setzte Glanzlichter auf die Grabsteine und erhellte den schmalen Pfad über den sie vorwärts schritt. Am Ende des Weges, umgeben von kurz geschnittenen Buchsbäumen, befand sich das Ziel ihrer Reise. Wie jedes Jahr an diesem besonderen Tag im August. Auf dem Grab, inmitten frischer Blumen, brannten drei Grabkerzen. Die Frau näherte sich mit langsamen Schritten dieser wohlvertrauten Stätte. Beide Seiten des Grabmals wurden von kleinen Holzbänken flankiert. Dieser eher ungewöhnliche Umstand war den besonderen Ereignissen geschuldet, die einen jungen Mann auf grausame Weise aus dem Leben gerissen hatten. Die ganze Gemeinde stand seinerzeit Kopf. Konny Gerstenberg war beliebt gewesen und hatte viele Freunde. Niemand konnte sich das ungeheuerliche Verbrechen erklären, das sich in der Nacht des 26. August 1988 ereignete.

Ausgenommen jene beiden Personen, die sich nun über das Grab hinweg in die Augen sahen.

„Guten Abend, Marie-Claire! Wie schön dich zu sehen. Bist du etwa ohne deine Wachhunde unterwegs? Falls ja, musst du verrückt geworden sein."

Der Mann lächelte ihr freundlich entgegen, während er sprach. Er saß auf der Bank, die rechter Hand des Grabes stand. In gemütlicher Pose hatte er beide Ellbogen über die Rückenlehne gelegt und wirkte so entspannt, als säße er in seinem Wohnzimmer.

Marie-Claire setzte sich lächelnd auf die gegenüberliegende Bank. Vor ihr saß einer der wenigen Menschen, dem sie jedes Geheimnis anvertrauen würde. Ein Lebensmensch. Ein seltener Glücksfall des Daseins. Sie wusste, dass ihr Gegenüber ohne eine Sekunde zu zögern sein Leben für sie geben würde, selbst dann wenn niemand es mitbekäme, nicht einmal sie selbst.

„Hallo Max! Wie schön, dass du hier bist... Du hast zwar recht, ich sollte keinen Schritt ohne meinen Begleitschutz unternehmen, aber Wachleute wären mir an diesem Ort einfach unerträglich. Und was wäre das Leben schon wert, ohne ein bisschen Abenteuer?"

„Ein bisschen Abenteuer ist eine sehr freundliche Formulierung für das, was du hier tust. Wir stehen kurz vor der entscheidenden Wahl und ganz Europa hat dich im Visier. Die eine Hälfte verachtet dich als Umstürzlerin und die andere liebt dich als Göttin des Aufbruchs. Ich will mir gar nicht ausmalen, wie viele durchgeknallte Arschgeigen säbelrasselnd durch die Straßen der Republik poltern, um dir an die Kehle zu springen."

„Das ist Alltag, Max. Aber deswegen sind wir nicht hier."

Sie stand auf, ging zwei Schritte voran und kniete vor dem Grabstein nieder.

„Heute zählt nur eine Person. Alles Gute zum Geburtstag, Konny!"

Sie streichelte über die Oberkante des Granitblocks und schien für einige Augenblicke die Gegenwart zu vergessen. Nach einer kleinen Weile brach ihr Begleiter das Schweigen und sprach mit ruhiger Stimme in Richtung des Grabes.

„Was hätten wir noch feiern und saufen können in all den Jahren. Wie viele Lacher blieben ungeboren durch deinen vorzeitigen Abgang? Und hätte dir das Schicksal noch ein paar Jahre mehr gegönnt, wäre sicherlich der beste Roman aller Zeiten entstanden. Aber leider war das Schicksal eine missgünstige, dumme Sau..."

Max hatte zwei Whiskygläser vorbereitet, die auf dem

Grabstein standen und nun auf Befüllung warteten. Marie-Claire griff lächelnd in ihre Manteltasche und holte die Flasche hervor. Während sie die Verschlusskappe öffnete warf sie einen Blick auf die Ledermappe, die neben Max auf der alten Holzbank lag. In ihr befand sich der größte Schatz, den sie auf dieser Welt besaß. Eine Kostbarkeit, die ihr treuer Freund schon seit vielen Jahren für sie aufbewahrte. Immer noch lächelnd füllte sie die Gläser. Das Fest konnte beginnen.

Opa Heinrich - Deutscher Meister im Knickschuss 1943

August 1988

Mein zweiter Opa, also jener der mütterlichen Seite, hieß Heinrich; und Opa Heinrich ist bis heute in unserer Dorfgemeinschaft in Erinnerung geblieben, als ein überaus boshafter Widerling.

Opa Heinrich machte in seinem Leben ein einziges Mal Karriere, und zwar als Mitglied der Waffen-SS auf dem Feldzug im Osten. In der Ukraine soll er gewirkt haben. Er und seine Vereinskameraden haben da so dies und das gemacht, wie man heute weiß.

Was genau Opa Heinrich in jenen Tagen anrichtete ist mir allerdings nicht bekannt. Hier könnte ich höchstens vor dem Hintergrund meines Schulwissens spekulieren und müsste Auswüchse viehischster Barbarei in Betracht ziehen. Letztlich weiß ich aber nichts Konkretes über die Kriegstaten meines Opas. Wenn ich also nun sage, Opa Heinrich war verrufen als widerlicher und bösartiger Mensch, beziehe ich mich auf jene Ereignisse, deren Zeuge ich leider wurde.

Da ist beispielsweise, um klein anzufangen, die Erinnerung an einen späten Herbstabend; an das dunkle Kinderzimmer und den langen finsteren Flur davor. Unvergesslich ist mir das Knirschen seiner Beinprothese, sein unregelmäßiger Gang, bei dem das hölzerne rechte Bein immer lauter auftrat, als das lebendige linke. Es war für uns Kinder immer unheimlich und beklemmend, wenn Opa Heinrich zu Besuch war und nachts über das Parkett durch die Flure schlich.

„Da kommt er!", rief meine kleine Schwester, mit der ich mir das Zimmer am Ende der Diele teilte. Sie konnte nie schlafen, wenn der Alte durchs Haus wanderte und so hatte sie einfach ins Dunkel gesprochen, ohne zu wissen, ob ich noch wach war. Aber auch ich konnte keine Ruhe finden, wenn der stinkende Widerling umher knirschte. Wie immer flüsterte ich ihr meine brüderlichen Trostworte zu: „Ich weiß, aber er wird gleich heimgehen. Es ist ja schon spät..."

Die abgehackten Schritte im Flur kamen näher an unser Zimmer heran. Vor der Tür verstummten sie plötzlich. Ich spürte, wie meine kleine Schwester das Atmen einstellte. Ich selbst spähte unwillkürlich über den Rand meiner Bettdecke zu jener Stelle, wo hinter der Finsternis die Tür liegen musste. Ich hörte etwas, das wie ein Schnaufen klang und dann die Wiederaufnahme der abgehackten, verkrüppelten Schritte, die den bösen Mann zur Haustür brachten.

Es war im Herbst 1944, als ein Motorrad der Wehrmacht mit meinem Opa Heinrich im Beiwagen auf eine Landmine auffuhr. Das im Boden verscharrte Kriegsgerät erfüllte auch sogleich seine Bestimmung: Der Fahrer wurde zerfetzt und war sofort tot – was angesichts der Umstände als gnädiges Schicksal durchgehen konnte. Meinem Opa Heinrich zerriss die Detonation das rechte Bein. Eine

Unmenge Metallsplitter, von denen später nur ein geringer Teil wieder entfernt werden konnte, drang mit bestialischer Gewalt in seinen Körper ein. Diese kleinen metallischen Partikel sollten für ihn lebenslang zu einer Quelle unausgesetzter Schmerzen werden. Doch zunächst hing er quer und verdreht zwischen den Überresten des Motorrads und konnte weder sterben noch ohnmächtig werden.

Einige Stunden später las ein Truppentransporter den wie Schlachtvieh sich windenden Soldaten auf. Doch das Pech blieb meinem Großvater an diesem Tage treu. Die Front war aufgebrochen und eine russische Division rückte vor. Man setzte ihn, sowie einige andere Schwerverletzte, in einer am Wegesrand liegenden Kapelle ab. Im Beschuss der gegnerischen Verbände galt es zunächst die Gesunden oder zumindest Halbintakten in Sicherheit zu bringen.

Zwei Tage lang lag der junge Heinrich zwischen den Leichen seiner unterdessen verstorbenen Kameraden in der eisigen orthodoxen Kapelle. Einer deutschen Nachschubdivision gelang es schließlich die Frontlinie wieder in Richtung Osten zu verschieben. Irgendwann ging das Portal der kleinen Kirche auf, sie wurde von jenem Soldaten geöffnet, der die traurige Gesellschaft zwei Tage zuvor dort einquartiert hatte. Er hielt kurz seine Nase ins Innere und rief: „Lebt hier noch einer?"

Sein Blick wanderte hoffnungslos über die am Boden liegenden Gestalten und er wollte sich gerade wieder abwenden, als er eine erhobene und kraftlos winkende Hand bemerkte, die sich aus dem Leichenberg vor dem Altar emporreckte.

Wäre der Soldat nun gegangen, hätten weder meine Mutter, noch meine Geschwister, noch ich je zum Licht der Welt gefunden. Aber der Soldat ging in den Altarraum, griff nach meinem über und über in Lumpen gewickelten Großvater – er hatte sich in die blutige Kleidung seiner Kameraden gewickelt, um nicht der Kälte zu erliegen – und schleppte ihn zum Transporter. Man brachte ihn in das nächstgelegene Lazarett, wo ihm ohne Betäubung, denn der Krieg war schon verloren und die Bestände weitestgehend aufgebraucht, sein rechtes, fünfundzwanzigjähriges Bein oberhalb des Kniegelenks amputiert wurde.

Opa Heinrich hat später nie über den Krieg gesprochen. Was aus dem Feldzug heimkehrte, war ein bis ins Mark verbitterter Mann ohne jüngere Vergangenheit.

Woher weiß ich nun von dieser Begebenheit, wenn doch Opa Heinrich nie über den Krieg gesprochen hatte? Wie so oft kennt das Nie eine Ausnahme. In unserem Fall fand diese Anomalie in den frühen Siebzigern statt.

Der böse Heinrich hatte wieder einmal über alle Stränge geschlagen. Mein Vater musste ihm, dreiundsiebzig bei einer Weihnachtsfeier soll es gewesen sein, einen heftigen Fausthieb verabreichen, um ihn von seinem Ansinnen, meine arme Großmutter zu erwürgen, abzubringen.

Später saßen mein Großvater Heinrich und sein Schwiegersohn auf dem Fußboden unserer Küche und mein Großvater blutete aus der Nase und heulte wie ein geschlagenes Kind. Sei es, weil er etwas erklären wollte von der Wut und den Monstern und der tobsüchtigen Ohnmacht, die ihn von innen her auffraßen; sei es, weil er nicht auch noch seinen Schwiegersohn an die stets größer werdende Fraktion seiner Hassgegner verlieren wollte, erzählte Opa Heinrich nach mehr als anderthalb Flaschen Schnaps und somit in allerhöchstem Maße betrunken, meinem Vater diese Begebenheit von der Ostfront. Weil ja Betrunkene zur Wahrheit neigen, könnten die Ereignisse, die mein Vater mir viele Jahre später (ebenfalls erst nach reichlichem Alkoholgenuss) erzählte, den tatsächlichen Geschehnissen nahe kommen. Ob nun mein Opa Heinrich immer schon ein böser Mann war oder ob die zerstörerische Wirkung des Krieges den Widerling schuf, der uns alle mit Angst und Abscheu erfüllte, kann ich nicht sagen. Fakt aber bleibt: Für uns Kinder war er ein knirschender, einbeiniger Alptraum in Großvatergestalt. Jedes Kind in unserem Ort hatte Angst vor dem alten Heinrich und wir kleinen Heinrich-Enkel am allermeisten, weil wir vor ihm nicht davonlaufen durften. Familienbedingt.

Ich könnte von einer ganzen Reihe großväterlicher Missetaten berichten, die zur Illustration seiner boshaften Gesinnung und seiner sadistischen Triebe dienlich wären. Wie er uns beispielsweise immer wieder zwang seinen verschorften Beinstumpen anzufassen, wenn er sich wieder einmal im Suff die Prothese vom Leib gerissen hatte. War man gerade dann in Opa Heinrichs Nähe, hatte man Pech und musste sich ekeln. Oder wie er uns immer wieder zwang grässliche Dinge zu essen. Alte schimmlige Wurstbrote, die er aus seiner stinkenden Jacke zog (was heißt hier keinen Hunger? Im Krieg wäre ich fast verreckt vor Hunger und du verwöhntes Balg...).

Aber der alte Mann war geschickt genug keinen finalen juristischen Grund zu liefern, um gegen ihn ein Hausverbot oder eine gerichtliche Kontaktsperre auszusprechen.

Opa Heinrich lebte gemeinsam mit meiner bedauernswerten Großmutter Hedwig in einem kleinen Haus am Rande unseres Dorfes. Die Eltern meiner Mutter stammten beide aus Breslau. Sie mussten von dort gegen Ende des Krieges vor der Roten Armee fliehen und landeten irgendwann als mittellose Flüchtlinge im Westen.

Meine arme, vom Schicksal grob angefasste Großmutter starb, als ich noch recht jung war. Von Oma Hedwig weiß ich kaum etwas Bemerkenswertes zu berichten, außer von diesem stillen Tränenfluss, der bisweilen ohne erkennbaren Grund einsetzte und mir kindliche Rätsel aufgab. Sie nahm mich dann in die Arme, zog mich an ihre Kittelschürze und erzählte mir Dinge, die ich erst Jahre später verstehen konnte.

Geschichten über die verlorene Heimat. Geschichten über „die Flucht", in deren Verlauf sie und Opa Heinrich den Russen in die Hände fielen, die dann so dies und das mit meiner Oma gemacht haben. An solchen Tagen der Erinnerung erfüllten meine Oma stets „trübe Gedanken", wie sie es nannte.

Aber ich muss ja von meinem Opa erzählen. Zwei besondere Missetaten aus seinem üppigen Repertoire auszuwählen fällt mir nicht schwer, da die eine letztlich dann doch das totale Hausverbot für meinen Opa Heinrich zur Folge hatte, was ja im Grunde erfreulich war, und die andere, die finale und grässlichste Untat, eine Inszenierung darstellte, die als zentrales Opfer meine noch ungepanzerte Kinderseele auserkoren hatte.

Kapitel 1

Terror innen, Terror außen
Es klingelt an der Tür

August 1988

Wieder war eine Sekunde verschwunden. Dem Leben entnommen. Von Gevatter Tod, dem fleißigen Gesell, auf immerdar eingepackt und eingeäschert. Wer mochte dort vor meiner Türe stehen? Ein stark angetrunkenes Mannequin vielleicht, die mir im Suff eine heiße Liebesnacht anbot, weil sie mich mit dem Modefotografen aus dem dritten Stock verwechselte? Das wäre schön. Oder ein religiöser Fanatiker, der irgendwie meine Adresse herausbekommen hatte. Oder die Polizei, die schließlich doch noch dahinter gekommen war, was ich in Düsseldorf verbrochen hatte. Oder... Wer weiß, egal... Es waren nun einige Sekunden vergangen, seit dieser Gedanke in die Welt getreten war. Ein Klingeln erzeugte ihn. Das Klingeln an meiner Wohnungstür. Die Welt war voller Grauen.

Ich nahm noch einen Schluck aus der Flasche und war guter Hoffnung, in jener bequemen Körperlage, in welcher ich arbeitsscheu und lustlos auf dem Sofa lümmelte, verbleiben zu dürfen.

Es blieb still. Wer auch immer mich zu stören gedachte – er verfiel zumindest nicht der groben Unart des hektischen Nachklingelns. Vielleicht war der ungebetene Besucher auch wieder gegangen...

Ich horchte mit geschlossenen Augen in die Stille meiner

Wohnung und hoffte auf anhaltende Ruhe. Aber es klingelte erneut. Der Klingelton verhallte grimmig zwischen den Wänden, wie das Echo einer schändlichen Drohung.

Ich öffnete die Augen. Mein Blick streifte die Muskelmaschine, deren Metallverstrebungen, Stahlseile und Kunststoffwinden dereinst in meinen Besitz übergegangen waren, nachdem selbst im philosophischen Seminar meiner Universität die Geisteswissenschaftler jetzt muskelbepackt durch die heiligen Hallen des Wissens stolzierten. Das sind die Achtziger! Fitnessstudio und Trimm dich bis zum Tode!

Es schien, als hätten sie alle Hoffnung fahren lassen, weil sie wussten, dass alle schönen Bilder schon gemalt und alle klugen Gedanken bereits tausendfach gedacht waren. Die Künstler konnten ebenso wenig Neues in die Welt bringen wie die Philosophen. Und die Aufgaben die vor uns lagen – etwa ein Konzept gegen die Überbevölkerung – waren trostlos und ohne Glanz.

Aber jetzt hatte es geklingelt und ich würde aufstehen müssen. Einen Rest von Anstand sollte man niemals verlieren.

Der böse schwarze Kater, der da unverrückbar auf meiner Seele hockte, war erst seit wenigen Monaten oder vielleicht auch nur einigen Wochen mein grausamer Untermieter. Das Untier erzeugte düstere Episoden, in denen mir das Leben langsam zu versiegen schien, als wollte der Fußboden es aufsaugen.

Auf dem Schreibtisch in meinem Arbeitszimmer lag der Entwurf meiner Magisterarbeit: Von den Wurzeln bis zu den ersten Trieben – Wilhelm Heinrich Wackenroder und die frühe Romantik.

Der geistig gesunde Teil in mir, also jener, der mir den meisten Kummer bereitete, musste allerdings bei diesem Thema immer wieder und geradezu zwanghaft die Frage einwerfen: Was soll der Scheiß? Willst du nicht irgendwann einmal Geld verdienen? Die armen Eltern schuften tagtäglich und der feine Herr Sohn weilt in den verspielten Gärten der Romantik.

Aber was auf Erden war nicht völlig absurd und für den Untergang bestimmt? Der kleinere Teil meines bescheidenen Dramas bestand darin, auf diese Frage keine Antwort zu wissen. Der größere und wesentlich grausamere jedoch lag in dem Umstand, dass ich mir auch keine einbilden oder tröstlich einreden konnte. Keine Religion. Keine Ideologie. Kein geistiges Kuschelkissen. Kein hübsches Utopia. Nichts von diesem wunderbaren Idiotenselbstbetrug. Nichts. Nichts lenkte meine Gedanken ab von jener infernalischen Selbstvernichtungsfrage.

So lag ich nun da. Der böse schwarze Kater fraß an mir und vertilgte mich von Augenblick zu Augenblick mehr, was mir recht war, solange ich nur liegen bleiben durfte. Ein drittes Mal! Es hatte ein drittes Mal geklingelt. Wie viel Zeit war nun schon wieder in die Vergangenheit entglitten? Ich nahm einen großen, letzten, die Flasche leerenden Schluck. Meine gierige Konstitution saugte das Gift lechzend ein und pumpte es ohne Verzögerung ins Großhirn. Das vermochte nur die Krone der Schöpfung, deren biblisch verbürgter Teil ich war. O ja, der Alkohol wirkte. Schon fingen die Ideen wieder an ihr Tagwerk zu verrichten; trieben wild schimmernd und Posaunen schmetternd an mir vorbei. Wie herrlich!

Nun – es hatte dreimal an meiner Türe geklingelt. Millionen

von Menschen stehen jeden Tag auf und streben sklavisch zum Eingang, nachdem der Klingelknopf sie rief. Ich sollte es ihnen gleich tun. Mit etwas Mühe kam ich auf die Beine. Halt suchend und um mein Gleichgewicht ringend strebte ich verärgert und widerwillig voran. Was für eine Anstrengung. Ich würde sehr unfreundlich sein an der Tür! Das war die einzige Freude die mir blieb, während ich langsam vorwärts torkelte. Ich öffnete, nahm benommen das Treppenhaus wahr, dieses arme Stück gemauerte Einsamkeit. Aus dem Halbdunkel des Etagenflurs trat plötzlich eine Person auf mich zu.

Nachdem mein eigener Zustand seit Wochen so tintenschwarz verdüstert und wenig zeigenswert war, stand ich hier vor meinem Gegenstück. Einem gepflegten jungen Mann, der mir gut gelaunt die Hand reichte. Er war von sportlicher Statur und wirkte so gesund und vital, wie der Held einer amerikanischen Vorabendserie. Sein dunkelblondes Haar war seitlich gescheitelt und mit etwas Gel nach hinten gekämmt. Aus seinem markant geschnittenen Gesicht funkelten zwei bernsteinfarbene Augen. Auch seine Klamotten strahlten gesunde Anteilnahme am sozialen Leben aus: beigefarbenes Jackett mit weißem Shirt darunter. Weiter unten Bluejeans und schwarze Sneaker mit blütenweißen Schnürsenkeln.

Ohne weitere Umstände stellte mein Besucher sich vor und wenig später hielt ich das vergilbte Stück Papier in den Händen, auf dem sich nicht nur ein verschnörkeltes Hakenkreuz und die Unterschrift Hermann Görings befand, sondern auf dem ferner, und das in deutlichen Großbuchstaben niedergeschrieben, mein Name stand.

Begleitet vom asthmatischen Röcheln meiner Kaffeemaschine lauschte ich wenig später – langsam nüchtern werdend – seiner unglaublichen Geschichte. Dann holte mein Gast schließlich einen handschriftlich verfassten Brief aus der Innentasche seines Jacketts. Obwohl ich immer noch leicht betrunken war, spürte ich instinktiv, dass hier irgendetwas nicht stimmte. Die ganze Situation war einfach zu surreal. Falsch. Wie inszeniert.

Vielleicht war es die Einsamkeit, vielleicht war es aber auch die verzweifelte Suche nach etwas Sinn in meinem vernebelten Dasein, die mich trotz aller Warnsignale veranlassten den Brief in die Hände zu nehmen.

Kapitel 2

Es klebt noch Blut an den Stiefeln

August 1988

Ich faltete den modrigen Brief vorsichtig auseinander und begann zu lesen.

Lieber Simon!

Mir bleibt nicht viel Zeit.
Ich kann Dir nichts erklären.
Ich weiß nicht, wo Du bist. Ich weiß noch nicht einmal,
ob Du noch lebst.
Aber in der Hoffnung darauf, will ich diese Zeilen
niederschreiben.
Ich sende meinen Brief an Tante Gerda, die gute Seele.
Solltest Du je zurück finden, wird sie ihn Dir überreichen.
Das ist wichtig: Die Sache, die F.G. mir anvertraute, habe
ich wie befohlen deponiert. Du findest sie an einem sehr
spirituellen Ort, zwischen Botticelli und Sixtus.
Du weißt, was zu tun ist.

Ich hoffe so sehr, mein lieber Simon,
dass wir uns noch einmal wiedersehen!

Dein Konrad

Der Brief war auf den 27. November 1943 datiert. Ich las ihn dreimal hintereinander. Das Gefühl etwas völlig Unwirkliches in den Händen zu halten erweckte in mir das Bedürfnis, das Stückchen Papier mit allen Sinnen zu erforschen, um mich seiner Realität zu versichern. Ich rieb, Daumen gegen Zeigefinger gerichtet, über das Papier, lauschte dem leisen Rascheln der sich verschiebenden Oberflächenspannung, roch die leicht modrigen Ausdünstungen des Zellstoffs. Ich warf einen Blick auf den Feldpostumschlag, in dem der kleine Brief gesteckt hatte. Dieser war tatsächlich an eine gewisse Gerda Zimmermann in Auersbach adressiert. Die als „Tante Gerda" bezeichnete Frau lebte also einmal in meinem Heimatort. Denn dort, in Auersbach, einem kleinen Ort in Elderswalde, bin ich aufgewachsen. Aber von einer Tante Gerda hatte ich noch nie etwas gehört; und in Auersbach kennt für gewöhnlich jeder jeden. Was mich jedoch wirklich erschütterte, war der Absender auf der Rückseite der Feldpost: „Stabsgefreiter Konrad Gerstenberg" stand dort zu lesen, gleich über dem Stempel der „Dienststelle Feldpost". In Zusammenhang mit der Erwähnung meines Heimatortes war der Name auf dem ominösen Dokument scheinbar doch kein kurioser Zufall. Der Verfasser dieser Zeilen war offensichtlich derjenige, dem ich mein Schmuckstück von Vornamen zu verdanken habe.

Ich wusste so gut wie nichts über meinen Großvater der väterlichen Seite. Er war als junger Soldat an der Ostfront gefallen. Ein kleines Denkmal in unserem Ort, wie man sie überall in Deutschland findet, listet die gefallenen Söhne beider Weltkriege auf. Der Name meines Ahnen steht dort, als Relief auf einer gusseisernen Platte, neben vielen anderen. Konrad Gerstenberg, gefallen 1943, Ostfront. Und hier hielt ich nun den vielleicht letzten Brief seines Lebens in den Händen; denn wenn er die Nachricht am 27. November verfasste, war von dem Jahr 1943 nicht mehr viel übrig. Er musste also kurz nach der Niederschrift den Tod gefunden haben.

Nie war ich der Spur meines Großvaters nachgegangen, nie hatte ich nach ihm geforscht, obgleich ich doch als gelernter Historiker gerade für solche Fälle geeignet wäre. Vermutlich verleidete mir der andere Großvater – der böse, dämonische, widerliche – den kennenzulernen mir unglücklicherweise beschieden war, jegliches Interesse am Großväterlichen.

Ich zündete mir eine Zigarette an und wendete mich wieder meinem amerikanischen Besucher zu. Dieser hatte sich mir inzwischen als Josh Epstein und als Enkel jenes Mannes vorgestellt, an den mein Großvater vor vielen Jahren seine vielleicht letzte Feldpost adressierte.

„Ok, lasse mich das kurz zusammenfassen. Der Brief meines Großvaters Konrad ging zunächst an diese ominöse Tante Gerda in meinem Heimatort. Allerdings gelangte das Schreiben später irgendwie nach New York, in die Hände deines Großvaters. Aber wie kam es dorthin?"

Mein Besucher saß in aufrechter Haltung auf dem Sofa in meinem kleinen Wohnzimmer und sah mich aufmerksam, fast schon prüfend an. Er wirkte ungewöhnlich souverän für sein Alter. Und als wollte er keines meiner Worte versäumen, ließ er mich immer artig bis zur letzten Silbe ausreden. Und auch jetzt antwortete er mir erst nach einer kleinen Pause.

„Ich habe leider keine Kenntnis darüber, wie er zu diesem Brief gekommen ist. Er hat nie über sein Leben in Deutschland gesprochen. Jedenfalls nicht zu mir. Als er starb war ich allerdings erst sechzehn Jahre alt. Mein Vater ist ein strenggläubiger Jude, wohingegen mein Opa an nichts glaubte, soviel ich weiß. Das Verhältnis der beiden zueinander hatte eine, sagen wir mal, historische Logik. Mein Großvater versuchte scheinbar mit aller Macht zu vergessen und mein Vater war immer schon der Meinung, dass nichts vergessen werden darf. Und ich kann beide gut verstehen."

Ich verstand es auch, sagte aber nichts zu diesem Thema, weil ich trotz aller Bemühungen die konditionierte Befangenheit, die man mir während der Schulzeit in die Seele geprügelt hatte, nicht abschütteln konnte.

Josh fuhr fort: „Während meines Architekturstudiums hatte ich Kunstgeschichte zwar nur im Nebenfach, aber so viel ist mir bekannt, Botticelli war ein bedeutender Renaissancekünstler und Sixtus ist der Name eines Papstes, der etwa zur gleichen Zeit lebte."

„Stimmt! Und das klingt seltsam. Der Inhalt des Briefs war scheinbar riskant. Vermutlich wäre mein Großvater nicht das Risiko eingegangen, delikate Angelegenheiten einer überwachten Feldpost anzuvertrauen, wenn nicht das Schlachtfeld vor ihm gelegen hätte. Also wählte er eine verschlüsselte Formulierung für seinen Freund, wobei er davon ausging, dass dieser sie verstand. Das erscheint logisch. Und wenn mir spontan eine Verbindung zwischen Botticelli und Sixtus einfällt, die man darüber hinaus als einen spirituellen Ort bezeichnen kann, dann die Sixtinische Kapelle im Vatikan, mit den weltberühmten Fresken von

Botticelli. Aber das ergibt keinen Sinn. Rom war zu diesem Zeitpunkt für meinen Großvater unerreichbar. Außerdem ist die Sixtinische Kapelle eines der bestbewachten sakralen Monumente der Christenwelt. Ein Ort also, der nicht gerade dazu einlädt einen geheimen Gegenstand unter einer losen Bodenplatte zu verstecken. Und wie sollte mein Opa auch als einfacher Wehrmachtssoldat mitten im Krieg nach Rom gelangen? Und vor allem wozu? Wenn er seinem Freund oder diesem ominösen F. G. etwas hinterlegen wollte, gab es doch zugänglichere Orte als die Sixtinische Kapelle oder eine andere Stätte im fernen Italien." Ich spürte, dass ich anfing umständlich zu schwafeln. Die unschöne Phase des Ausnüchterns lähmte immer noch meine Gedankengänge. Aber Josh Epstein hörte mir geduldig zu und machte abermals eine kleine Pause, bevor er mir antwortete.

„Trotzdem deutet der Hinweis auf ein sakrales Gebäude hin. Zumindest für uns. Aber wir sind Außenstehende. Wer weiß, was unsere Großväter hinter den Begriffen sahen... Wenn es für uns überhaupt eine Möglichkeit gibt, die Worte der alten Feldpost zu verstehen, dann müssen wir eine Ahnung davon bekommen, wie sie lebten und wie sie dachten. Und deswegen bin ich heute hier. Ich möchte Informationen sammeln."

„Tja, leider kann ich zu diesem Thema nicht sehr viel beitragen. Ich habe meinen Großvater nie kennengelernt. Auch mein Vater hat ihn nie zu Gesicht bekommen, weil er erst nach dessen Tod geboren wurde. Was kannst du mir über deine Familiengeschichte erzählen?"

„Mein Großvater, Simon Epstein, kam ohne Angehörige in die USA. Er war über die Niederlande geflohen, nachdem die Massendeportationen in Deutschland begonnen hatten. In Rotterdam fand er irgendein Schiff, das ihn nach Norwegen brachte. In Trondheim versteckte ihn eine Widerstandsgruppe bis zum Kriegsende.

Was dann geschah wissen wir nicht. Er hat nie über diese Zeit gesprochen. Sicher ist nur, das belegen seine Einbürgerungsunterlagen, dass er im Dezember 1945 New York erreichte. Meinem Vater erzählte er später einmal, er habe direkt ein Schiff von Norwegen in die USA genommen, ohne ein letztes Mal seine alte Heimat zu besuchen. Mittlerweile war ihm, wie dem Rest der Welt, das ganze Ausmaß der Naziverbrechen offenbart worden. Deswegen wollte er – angeblich – nie wieder deutschen Boden betreten. Aber wenn ich darüber nachdenke, bin ich mir nicht sicher, ob er in diesem Punkt die Wahrheit sagte. Er konnte doch nicht einfach davon ausgehen, dass alle seine Verwandten tot waren. Es gab doch auch Überlebende. Darüber wurde ebenfalls berichtet. Meiner Meinung nach kehrte mein Großvater in seine Heimat zurück und informierte sich dort über den Verbleib seiner Angehörigen, bevor er Europa endgültig verließ.

Aber wie dem auch sei, auf jeden Fall ging er nach Amerika. Er wurde von einer jüdischen Gemeinde aufgenommen und fand einen Job als Buchhalter in einem Textilunternehmen. Dort lernte er auch meine Großmutter kennen. Ansonsten gibt es nichts Spektakuläres über ihn zu berichten. Außer vielleicht noch, dass er ein ausgezeichneter Schachspieler war.

Irgendwann erwachte in mir das Interesse an seiner Herkunft und an den Rätseln seiner Vergangenheit. Ohne Unterlass versuchte ich ihn auszufragen. Der schweig-

same Alte blieb aber stur und sagte immer wieder:
„Es gibt nichts zu erzählen!"
Mein Vater wusste auch nicht viel zu sagen, konnte mir aber immerhin auf einer Deutschlandkarte den Heimatort seines Vaters zeigen. Einen Ort namens Auersbach.
Er hatte, nachdem er aus dem verschlossenen Greis kaum etwas herausholen konnte, versucht Familienangehörige zu finden. Aber es gab keine Überlebenden mehr. Mein Vater hat es dann irgendwann aufgegeben, Ahnenforschung zu betreiben. Seltsamerweise, vielleicht auch aus einem gewissen Trotz heraus, schickte er mich auf eine deutschsprachige Schule. Vielleicht in der Hoffnung, eine letzte Brücke aufrecht zu erhalten."
Josh sprach ein sehr gutes Deutsch. Der amerikanische Akzent färbte zwar deutlich seine Aussprache, aber sein Wortschatz und seine makellose Grammatik hätten jeden Deutschlehrer zufrieden gestellt.
Mein Besucher trank einen Schluck Kaffee und fuhr dann fort.
„Vor zwei Wochen gab mir mein Vater diese beiden Dokumente aus dem Nachlass meines Großvaters. Er hatte von meiner Reise nach Berlin gehört – unser Architekturbüro bewirbt sich dort bei einer Ausschreibung – und wollte die Gelegenheit nicht ungenutzt lassen, einen verlorengegangenen Faden wieder aufzunehmen, wie er sagte."
Der Rest ergab sich von selbst. Eine gezielte Suche im Telefonverzeichnis und die Annahme, dass ein Mensch, der den gleichen Namen trägt wie der großväterliche Freund und in der besagten Region wohnte, etwas zum Thema beitragen könnte. Josh telefonierte in Auersbach herum und machte so meine Adresse in der Stadt ausfindig.

Und mit seinem Vorgehen landete Josh sogleich einen glücklichen Zufallstreffer, wie ich damals dachte. Unfassbar naiv und töricht dachte.

Zu meiner Entschuldigung muss ich sagen: Die Wucht dieser Geschichte vernebelte mein ansonsten ausgesprochen vernünftiges Denken (das ist es nämlich, zumindest solange ich um Drogen einen anständigen Bogen mache). Die Sehnsucht und die aufsteigende Möglichkeit, aus meiner kleinen privaten Lebenskrise herauszufinden, war mir Motivation und Denkblockade zugleich.

Damals aber sagte ich, befeuert vom Adrenalin zurückkehrender Lebensgeister:

„Um diesen Faden wieder aufzunehmen, wäre ein kleiner Ausflug in meinen Heimatort sinnvoll. Hättest du Lust mich zu begleiten? Wir könnten ein wenig Ahnenforschung betreiben."

„Das klingt interessant, aber momentan fehlt mir leider die Zeit dafür. In drei Stunden geht mein Flugzeug, daher sollte ich zügig meinen Kaffee austrinken, um den nächsten Zug zum Flughafen nicht zu verpassen. Wenn mein Job in Berlin erledigt ist, kann ich meinen Chef um ein paar Tage Urlaub bitten. Falls du Zeit und Lust hast, könntest du unterdessen einige Erkundigungen einholen. Übermorgen könnten wir uns in Auersbach treffen und gemeinsam einige Nachforschungen anstellen. Es wäre mir eine große Freude, die alte Heimat meines Großvaters kennenzulernen."

Mein Besucher verließ mich ebenso umstandslos, wie er gekommen war. Und das war mir recht. Mittlerweile war ich wieder vollkommen nüchtern und fühlte mich wie ein Mensch mit ordentlicher Zukunft. Und das war ein unglaublich gutes Gefühl. Eine optimistische Stimmung, die mich sofort vor den Spiegel in meinem Badezimmer trieb. Ich wollte mein Gesicht sehen. Mir in die Augen blicken. Doch zuvor öffnete ich den Wasserhahn, befeuchtete mit der kalten Flüssigkeit meine Hände und strich mir die Haare zurück. Dann schaute ich nach vorn. Ein Kerl in den besten jungen Jahren. Groß gewachsen. Früher mal Sportschwimmer. Volles lockiges braunes Haar. Hellgrüne Augen. Alles in allem eine vorzeigbare Erscheinung. Im Grunde war ich gesegnet. Aber alles was ich bis dato zustande gebracht hatte, war ein leerer einsamer Raum in einer mir fremd gebliebenen Stadt und eine Apotheke voller Gift.

Dann dachte ich an meinen Großvater Konrad, dem ich meinen Namen verdankte und der so jung gestorben war. Ich fragte mich, wie ich den Mann dermaßen hatte verdrängen können, dass ich nicht sofort an ihn dachte, als ich an der Haustür den Passierschein der Wehrmacht in die Hände bekam.

Die Antwort lag vermutlich im Schlamm einer selektiven unbewussten Verdrängung. Die Antwort lag vermutlich in der Verdrängung des Wortes Großvater. Die Antwort hieß natürlich Opa Heinrich.

Kapitel 3

Das falsche Fleisch

August 1988

Ich schließe meine Augen und lasse die Erinnerungen
wieder auferstehen...
Es geschah während einer Familienfeier im Sommer 1975.
Auf dem Hof vor unserem Haus standen lange Tischreihen mit Bänken, Stühlen und Sonnenschirmen. Lampions
tanzten kreuz und quer im leichten Abendwind. Es wurde
gegrillt, gelacht und gesungen, sowie nach allen Regeln der Kunst gesoffen. Kurzum, eine ganz gewöhnliche
Gerstenbergsche Feierlichkeit – irgendwer hatte wohl Geburtstag.
Mein Onkel Günther spielte wie immer vergnügt auf dem
Schifferklavier. Sein Oberkörper schunkelte energisch
im Rhythmus der Melodie und die ewige Kippe hing ihm
leicht glühend inmitten seines nimmermüden Lächelns.
Er spielte wunderschön, mein Onkel Günther, weswegen
ich ihn schon als Kind gerne und oft besuchte. Er sprach
nie viel, mein sibirischer Onkel, aber wenn er lächelte und
seine leicht schräg stehenden Augen zu lustigen Schießluken
machte, da war es, als hätte man eine Geschichte erfahren,
obwohl kein Wort gefallen war. Meine Mutter und ihre
beiden älteren Brüder wurden noch auf schlesischem
Boden gezeugt und in Breslau geboren. Nur der jüngste
wurde auf „der Flucht" gemacht.
Als Onkel Günther geboren wurde, im November 1945,
da wollte ihn mein Opa Heinrich, so wird erzählt, gleich

nach der Entbindung, nachdem er einen entsetzten Schrei in Anbetracht des Säuglings ausgestoßen hatte, in der kalten Elder ersäufen. Meine Oma aber schleppte sich mit letzter Kraft aus dem Kindbett bis an den Mantelzipfel ihres erbosten Gatten. Sie schaffte es, ihn von seinem Vorhaben abzubringen und brachte das Kind in sein Bettchen zurück, das sie von dieser Sekunde an nicht mehr aus den Augen ließ. Meine Oma hütete ihren jüngsten Sohn mit besonderer Sorgfalt und Güte, da sie die Verachtung auszugleichen suchte, deren Giftschwaden dem armen Kind seit seinem ersten Tag auf Erden entgegenschlugen. Ivan wollte mein Großvater den Knaben taufen. Ivan oder Igor oder Ivan Igor oder einfach nur Dreckskind und Hurenbalg. Aber meine Oma taufte ihn Günther und bewachte ihr Kind solange sie lebte.

Mein böser Großvater behandelte niemanden schlechter als meinen guten Onkel Günther, obwohl es doch dazu, wie ich kindlich naiv dachte, überhaupt keinen Anlass gab. Aber die Dinge verliefen bisweilen wider jede Logik und manchmal liefen sie auch völlig aus dem Ruder und gediehen zur Katastrophe – wie an jenem unglückseligen Abend.

Folgendes geschah: Meine Schwester Jasmin beabsichtigte in ihr Zimmer zu gehen, um dort ihr leichtes Sommerkleid, welches mittlerweile dem Publikum bekannt war, zugunsten eines anderen leichten Sommerkleides, das die Leute noch nicht gesehen hatten, zu wechseln. Auf dem Weg durch den Hausflur kam ihr, aus der Toilette tretend, der böse Alte entgegen. Luftig leicht, doch wie wir uns denken dürfen, mit gesenktem Blick und einer gewissen Eile, trieb es Jasmin an dem miefigen Greis vorbei. Er jedoch packte sie am Arm und sagte oder vielmehr lallte er, denn er war schon völlig betrunken: „He, du bist ja schon eine richtige Frau geworden!" Eine durchaus korrekte Feststellung, da 15 Lenze den Körper meiner Schwester bereits in diese Richtung geformt hatten. Kein Grund jedoch, die arme Jasmin rückwärts in die Küche und weiter auf den Frühstückstisch zu stoßen, nach ihren Brüsten zu grapschen, ihren Rücken auf die Tischplatte zu drücken und mit seiner dreckigen Hand unter ihr geblümtes Sommerkleid zu greifen.

Zu diesem Zeitpunkt erreichte ich gemeinsam mit meinem Cousin Martin, der zu dieser Zeit schon ein junger Mann war, unsere Haustüre. Man hatte uns beauftragt Schnaps und Bier aus dem Kühlschrank zu holen. Gerade als wir den Flur betraten, hörten wir die Schreie meiner Schwester. Wir rannten sofort los, geradewegs auf die halb geöffnete Küchentür zu, hinter der sich uns ein entsetzliches Bild aufdrängte: Großvater Heinrich, wie er versuchte Jasmins Slip über ihre strampelnden Knie herunterzuziehen. Martin fackelte nicht lange. Großvater Heinrich wurde gepackt und ein heftiger Fausthieb warf ihn rückwärts gegen den Kohleofen. Dort sackte er zusammen, wobei sein rechtes Bein unnatürlich zur Seite wegknickte. Ich stand hilf- und ratlos in der Ecke, während Martin meiner Schwester vom Küchentisch half.

Es dauerte nicht lange und mein Vater schob Opa Heinrich zur Hintertür hinaus. Von meinem Versteck auf der Treppe konnte ich Vaters Worte hören, die er mit vor Zorn zitternder Stimme ausspuckte: „Lass dich hier nie wieder blicken! Wenn du noch einmal ein Kind anfasst, bringe ich dich um! Ich schwör's! Ich bringe dich um!"

Meinen Großvater Heinrich habe ich danach – Gott sei's gedankt! – nicht mehr lebend gesehen. Einige Wochen nach diesem unseligen Vorfall saßen wir alle beisammen am Frühstückstisch. Die Sommerferien waren vorbei und der Alltag hatte uns wieder. Mein Vater las lautstark das ein oder andere aus der Tageszeitung vor. Jasmin hatte eines ihrer Schulbücher in der Hand, hoffend, bis zur zweiten Stunde noch einige Vokabeln in ihr Kurzzeitgedächtnis schaufeln zu können. Mein Bruder Theo machte seine üblichen Späße, benutze eine Mohrrübe als Mikrofonersatz und kommentierte die Kommentare meines Vaters mit respektlosem Witz. Er konnte mich schon immer früh morgens zum Lachen bringen, bis mir die Luft weg blieb und ich den Löffel voller Haferflocken nicht mehr in den Mund bekam. Genauso war es auch an diesem grausamen Tag.

Leuchten Kindheitserinnerungen? Mir erscheinen alle Gedächtnisbilder aus Kindertagen grellbunt, wie alte Filme in Technicolor. Verzerrt und illuminiert unser Gedächtnis die Bilder aus so frühen Tagen oder sind Kinder einfach empfänglicher für die Wärme und die Kraft der Farben? Ich weiß es nicht. Ich erwähne diese Überlegung lediglich, weil mir jener Tag als ungemein hell und bunt in Erinnerung geblieben ist. Von überall her strahlte dieser Spätsommermorgen vor Helligkeit und warmen Farben. Wäre die Inszenierung meines Großvaters Heinrichs nicht auf diesen Tag gefallen, so hätte ich ihn freilich für alle Zeiten vergessen.

Nach dem Frühstück packte ich meinen Ranzen und rannte über den staubigen Hof zur Scheune, in der mein Fahrrad stand. Wie erwähnt, leuchtet in meiner Erinnerung alles furchtbar hell und bunt, was diesen Tag betrifft. Inmitten dieser Farbenwelt riss ich am Scheunentor und öffnete es einen Spalt. Ich zwängte mich hindurch und lief weiter ins Innere. Durch die kleinen Scheunenfenster wurde der Innenraum in einigen Bereichen von den Sonnenstrahlen goldfarben erleuchtet, der Rest der Scheune lag dagegen in völliger Dunkelheit.

Ich ging durch die Sonnenlichtfelder des Scheunenbodens über denen glitzernd der Staub funkelte. Am gegenüberliegenden Ende stand mein Fahrrad. In der Mitte des Raumes angelangt fand ich etwas Sonderbares auf dem Boden: Die Pfeife meines Großvaters Heinrich. Dieses Raucherutensil war ein uraltes Erbstück. Der alte Mann gab es nie aus den Händen. Der Umstand, dieses Gerät vor meinen Augen im Staub der Scheune zu finden, rief eine lähmende Beklemmung in mir hervor. Zwang gleichsam meinen Blick nach oben, denn ich bemerkte etwas Seltsames, als trüben Schatten im Gebälk der Dachverstrebung. Etwas, ohne Existenzberechtigung an dieser Stelle. Etwas, in Kombination mit der auf dem Boden liegenden Pfeife, Grauenvolles und Widerwärtiges.

Langsam, sehr langsam zog es meinen Blick aufwärts; ein Bild erwartend, das ich nicht zu sehen wünschte, das mir meine angeborene, zwanghafte menschliche Neugier jedoch mit unerbittlicher Triebkraft aufzwingen musste. Die Füße tauchten zuerst auf, im Halbdunkel des Daches. Die ewige Cordhose alsdann. Das gelbliche Wollhemd mit der schwarzen Weste darüber als nächstes. Der in einer Schlinge steckende entsetzliche Kopf mit den hervorquellenden, weit aufgerissenen Augen als letztes Element, zur Vervollständigung des Leichnams meines Großvaters

Heinrich, der genau über mir hing. Seine toten Pupillen blickten über mich hinweg in den Raum hinter mir, als säße dort der Tod persönlich. Nichts erschien mir in diesem Augenblick grauenvoller, als das irrationale Gefühl des Horrors hinter meinen Schultern. Das Gefühl, nicht alleine zu sein in dieser dunklen Scheune; der Tod war in diesem Gebäude und ich war mit ihm eingesperrt. Es schien, als schlich der entsetzliche Dämon, der meinen Großvater befallen, der in ihm entstanden war oder den er von irgendwoher mitgebracht hatte, nun in dieser alten Scheune umher. Als wartete er hier in der Finsternis auf sein nächstes Opfer. Woher diese irrationalen Gefühle kamen kann ich nicht sagen. Sie ergriffen mich einfach, als seien sie ein Teil des Schauspiels. Mein Blick glitt ebenso langsam von dem Alten herunter, wie er hinauf gewandert war. Von bewegungsloser Panik ergriffen stand ich einige Augenblicke zitternd unter dem Erhängten. Über mir bewegte der leichte Wind der zugigen Scheune leise knirschend den toten Körper. Und hinter mir stand das Monster. Es würde mich fassen, sobald ich mich bewegte. Ich wusste es, dennoch wollte ich weg. Nur weg...

Mit geschlossenen Augen drehte ich mich zum Tor um. Mit geschlossenen Augen tat ich die ersten Schritte und öffnete meine Lider erst wieder, als mir die Erfahrungswerte des räumlichen Empfindens die unmittelbare Nähe des Scheunentores versprachen. Mit tauben Schritten ging ich in Richtung Haus und Familie und Rettung.

In der Küche klang mir das Gelächter wie durch Betonwände entgegen. Mein Vater erblickte den unversehens wiedergekehrten Sohn, wobei sein Lachen schlagartig verebbte, in Anbetracht meiner unkindlich verdüsterten

Miene, meinem Zittern und lautlosen Weinen. Den übrigen entglitt ebenfalls abrupt die morgendliche Fröhlichkeit. Alles Lachen verstummte.

Vater packte mich an den Schultern, schaute mir in die Augen, drängte mich aber nicht, sondern wartete, bis endlich der bezeichnende Satz seine Worte fand: „Der Opa... hängt in der Scheune...“

Theo und Jasmin folgten meinem Vater über den Hof. Vor der Scheune hieß er sie jedoch, im Freien zu warten.

Als er dann endlich wieder hinaus in die Sonne trat, meinte er nur: „Er hat sich erhängt. Er ist tot. Gut so.“

Kapitel 4

An der Grabsteintheke

August 2018

Max legte das Manuskript zur Seite und nahm einen großen
Schluck aus seinem Whiskyglas. Nachdem er nun fast
vierzig Minuten ohne Unterbrechung vorgelesen hatte,
klang seine Stimme ein wenig heiser. Der Regen war schon
lange versiegt und so konnte er im Schein der kleinen
batteriebetriebenen Lampe, die er an der Rückenlehne seiner Bank befestigt hatte, die losen Seiten umblättern ohne
das Papier zu gefährden.

„Ich frage dich das vermutlich jedes Jahr, aber da wir tra-
ditionell eine komplette Flasche Whisky wegsaufen und
ich ohnehin jedes Mal angesoffen auf diesen Gottesacker
wanke, vergesse ich das meiste wieder. Was ein großes
Glück bedeutet, denn so wird jede Geburtstagsparty so interessant und spannend wie die letzte."

Marie-Claire prostete ihrem Gegenüber zu: „Es lebe die
große Gnade der Gedächtnislücke!" Beide lachten. Max
wurde aber schnell wieder ernst und musste eine Frage
loswerden, die sich ihm während des Lesens gestellt hatte.

„Welche Erinnerungen sind dir an den alten Heinrich
geblieben? Du warst zwar damals noch ein kleine Göre,
aber solche Dramen müssen sich doch in ein kindliches
Gemüt eingefräst haben, wie Weizenbierpisse in frisch
gefallenen Schnee."

Der Unflat, wie Max von seinen Freunden genannt wurde,
erhielt seinen Spitznamen bereits in der fünften Klasse und

das nicht ohne Grund. Marie-Claire nahm seinen letzten unflätigen Halbsatz mit einem routinierten Lächeln entgegen, lehnte sich auf ihrer Bank zurück und schaute hinauf in den blauschwarzen Nachthimmel, in dem zwischen den aufbrechenden Wolken einige Sterne funkelten.

„Der Tag, an dem sich der alte Heinrich im Stall erhängte, ist mir seltsamerweise noch relativ deutlich in Erinnerung. Eigentlich war ich noch viel zu klein, um Erlebnisse dauerhaft abspeichern zu können. Aber die Dramatik dieses Tages war enorm und der Aufruhr in unserem Dorf so außerordentlich, dass sich offenbar einige Bilder besonders tief in mein Gedächtnis eingebrannt haben. Ich habe beispielsweise eine Erinnerung vor Augen, in der ich auf der Straße vor unserem Haus stehe. Ein Polizeiwagen hält in der Nähe. Unser Hund Hasso dreht völlig durch, als ein Polizist auf mich zukommt. Ich weiß, dass Hasso mich verteidigen will, inmitten all dieser fremden Leute. Irgendjemand schreit. Ich weiß nicht mehr wer. Konny kommt und nimmt mich auf den Arm. Er spricht mir tröstende Worte ins Ohr. Obwohl er doch das eigentliche Opfer der letzten Niedertracht des bösen Großvaters war.

Letztlich kann ich aber nicht mehr genau unterscheiden, was ich wirklich erlebt habe und was im Laufe der Zeit durch all die geschwätzigen Erzählungen, Beurteilungen und Umdeutungen zu einer Art komponierten Erinnerung wurde. Aber nach den Fakten zu urteilen, die sich mir im Nachhinein offenbarten, hat Konny den üblen Charakter des alten Heinrich wahrheitsgemäß beschrieben. Auch wenn Konny, das wissen wir beide, bisweilen zum Überschwang und zum Ausmalen der Realität mit besonders bunten Farben neigte, bei diesem Thema beschrieb er offenbar relativ sachlich die Wahrheit."

„Ich habe den bösen Heinrich ja nie persönlich kennengelernt. Habe nur ein paar Mal, quasi aus Unmut darüber, was er meinem Freund angetan hat, auf sein Grab gepisst. Ist ja nicht weit von hier gelegen. Ein paar verbuddelte Leichen weiter Richtung Osten. Werde ich gleich auch noch mal machen. Soviel Grabschändung muss schon sein, bei allem gebotenen Respekt." Beide lachten wieder. Natürlich würde der Unflat auf niemandes Grab urinieren, aber derartige Äußerungen gehörten eben zu dem Humor dieses Landstrichs.

In der deutschen Medienlandschaft wurde anders gelacht. Das wusste Marie-Claire. Deswegen verzichtete sie bei öffentlichen Auftritten, wann immer es ihr gelang, auf humoristische Äußerungen. Nichts konnte eine politische Karriere grundloser beenden, als ein falsch verstandener Witz.

Max blickte in sein Glas. „Ohne die Familie Gerstenberg, ohne den engen Bezug zu der Familie meines besten Freundes, wäre ich längst untergegangen. Schon lange tot. Aber ich lebe noch und trinke in einer schwülen, dampfenden Augustnacht vor dem Grabstein meines alten Freundes Whisky mit dir. Was für ein Glück, dass es dich noch gibt, Marie-Claire..."

Er nahm einen Schluck aus seinem Glas, räusperte sich, hielt das Bündel Papier wieder unter das Licht der kleinen Lampe und las weiter.

Kapitel 5

Brennende Vergangenheit

August 1988

Ich stieg die enge, traurige Treppe hinauf. Alles in diesem kleinen Gebäude war durchsättigt von Trauer, Klage und Hass. Meiner Wahrnehmung nach schwitzte das Grauen aus den Wänden, sickerte von der Decke und dampfte aus dem Fußboden. Aber das waren natürlich nur die Nachwirkungen unverdauter Kindheitserinnerungen. Hier, in dem Haus meines bösen Großvaters.

Nachdem es sich meine Großeltern der mütterlichen Seite auf dem Friedhof gemütlich gemacht hatten, sanierten wir das kleine Häuschen am Ortsrand von Auersbach. Mein Vater, dem fröhlichen Laster der Steuerhinterziehung stets zugeneigt, verbaute offiziell ganze LKW-Ladungen Material in der schmächtigen Hütte. Baustoffe also, die er nun großzügig von der Steuer absetzen und gleichsam „für gute schwarze Groschen" an Dritte verhökern konnte. Bei dieser Gelegenheit entrümpelten wir auch unseren Dachboden und im Laufe der Zeit wanderte alles, was im Hause Gerstenberg unter die Definition „alte Sachen" fiel, auf den ehemaligen Speicher meiner lieben Oma Hedwig und meines widerlichen Opas Heinrich.

So musste also mein detektivischer Weg in die Vergangenheit, nachdem ich Josh Epsteins Bekanntschaft gemacht hatte und in meine Heimat zurückgekehrt war, zunächst auf diesen Dachboden führen. Und wie es sich für einen anständigen Altspeicher gehörte, lag er weitgehend in staubiger Dunkelheit verborgen. Die einzige Lampe war defekt, aber das Licht des gegenüberliegenden Fensters reichte, in Komplizenschaft mit zwei windschiefen Dachluken, für etwas Orientierung. Die Kisten mit den alten Fotoalben vermutete ich in dem kleinen Schrank neben dem Fenster auf der anderen Seite des langen düsteren Raums. Schritt für Schritt, oftmals nur Halb- und Viertelschritte ausführend, da zahllose Barrieren meinen Weg behinderten, tänzelte ich über die groben Holzplanken, bis eine anrührende Entdeckung mein Vorwärtskommen behinderte.

Im Gegenlicht, unverkennbar von Gestalt, offenbarte sich unter einem alten Betttuch die Silhouette des Doppelthrons. Ich vergaß meine eigentliche Mission für einen Moment und nahm sachte das alte Laken vom geistigen Zentrum meiner Jugend.

Was für ein Kuriosum! Was für ein meisterhaftes Möbelstück. Der Schachtisch war auf einer Bodenplatte zwischen zwei einander gegenüberliegenden Stühlen befestigt, deren hoch aufragende Rückenlehnen an Königsthrone erinnerten; wobei der eine Stuhl schwarz und der andere weiß lackiert war. Ganz im Sinne des königlichen Spiels.

Unser Dorf spielte in seinen besten Zeiten auf hundert verschiedenen Brettern Schach. Das Spiel etablierte sich aus unerfindlichen Gründen irgendwann zu Beginn des 20. Jahrhunderts in unserer dörflichen Gemeinschaft und verdrängte sogar den allgegenwärtigen Skat. Unser Schachklub zählte in seinen besten Zeiten mehr als 70 Mitglieder und ich, eingewiesen durch meinen Vater, war im Nu der Primus der Jungschar und durfte mit sieben Jahren bereits gegen die Alten spielen. Zahllose Kindertage wurden mir durch diesen zweckfreien Spaß zum reinsten Vergnügen. Heute weiß ich, keine mentale Ekstase stiftet mehr Glückseligkeit, als die totale Flucht aus der Realität. Diese Freude gewährt der Organismus dem tüchtigen Geist auch ohne chemische Zutaten. Leider, leider kam ich irgendwann ab von diesem guten Weg. Wobei ich (unterm Strich gesehen) natürlich auch eine Menge Spaß auf dem falschen Weg hatte.

Mit weit ausgestreckten Armen zog ich das Laken wieder über die schöne Erinnerung und dankte meinem Vater für die Einbehaltung des kostbaren Erbstücks, von dessen Veräußerung er auch in finanziell schwierigen Zeiten stets abgesehen hatte.

Eine dünne Lichtspur am Boden führte mich weiter zum Fenster. Wie erwartet befand sich in dem dort stehenden Schrank die gesuchte Kiste mit den alten Fotoalben. Nach einigem Suchen hatte ich die Fotosammlung meines verschollenen Großvaters Konrad gefunden. Blätterte, fand Kinderaufnahmen vor gemalter Kulisse; dürre Stepken mit abstehenden Ohren und kurzen Haaren. Bilder aus frühen Hitlertagen. Aufnahmen, deren Anlass Festlichkeiten verschiedener Art waren und schließlich auch dasjenige Motiv, nach dem ich geforscht hatte. Das Bild zeigte zwei junge Männer vor unserer Dorfkneipe, deren angebauter Saal an Wochenenden auch als Lichtspielhaus Unterhaltung bot. Ein Plakat war im Hintergrund zu erkennen, auf dem der heute vergessene Leinwandheld Harry Piel dem Betrachter nassforsch entgegengrinste. Ich kannte diese Fotografie von früher. Ab und an hatte ich sie mit nostalgischen Gefühlen, jedoch ohne besonderes Interesse, angeschaut. Nur meinen an der Ostfront gefallen Großvater konnte ich, durch die Unterweisung meines Vaters, als bestimmte Person identifizieren. Aber jener Mann, mit dem mein gefallener Opa, jeweils den Arm um die Schulter des anderen gelegt, im Zentrum des Bildes stand, tauchte in ebenso vertrauter Pose auf anderen Fotografien auf. Offenbar bestand zwischen den beiden Männern ein inniges freundschaftliches Verhältnis.

Wer dieser fremde Mann war, hatte ich unterdessen aus den Erzählungen meines amerikanischen Besuchers erfahren.

Simon Epstein stammte aus meinem Heimatort Auersbach und war offenbar ein sehr guter Freund meines Großvaters gewesen. Mir war, wie gesagt, wenig bekannt über meinen Großvater, dessen Leben begann, als der erste Weltkrieg endete und das endete, als dem zweiten Weltkrieg die Luft ausging. Mein Großvater hatte drei Brüder, von denen keiner die Ostfront überlebte. Schwestern waren nicht vorhanden. Dem Soldaten Konrad Gerstenberg wurde irgendwann 1943 ein Heimaturlaub bewilligt.

Einem weit verbreiteten Phänomen der damaligen Zeit folgend, suchte er nach etwas Liebe und Frieden bei einem mitfühlenden Wesen aus dem Bekanntenkreis und offensichtlich erhielt er auch ein Quantum Liebe (von eben jener Frau, die auf dem Höhepunkt dieser Zuwendung meine Großmutter wurde). Doch aller Liebe und beginnender Vaterschaft zum Trotz, fiel er ein paar Monate später im fernen Russland. Seine Eltern starben im Hungerwinter 1946 und meine Großmutter, bei der er verzweifelt nach etwas Liebe und Frieden gesucht hatte, war eine Waise. Dieser kümmerliche familiäre Umstand versagte meinem Vater nicht nur Onkel und Tanten, Cousins und Cousinen, sondern auch Omas und Opas. Ihm blieb nur die Ruine einer Familie.

Simon Epstein hatte noch nicht einmal das. Als verfolgter Jude musste er, wie Josh mir erklärte, Hals über Kopf aus Deutschland nach Holland fliehen.

Wenn wir früher unsere Schulausflüge nach Holland unternahmen, dann nicht um vor der physischen Vernichtung zu fliehen, sondern um zu Saufen und zu Kiffen was das Zeug hielt. Ich erinnere mich gut: Wir fröhlichen Programmverweigerer lungerten mit Rotwein und Joints lachend am Strand herum, während Hans Walter Malottke mit dem Rest der 12 B in irgendein „den Bildungshorizont erweiterndes" Scheißmuseum abgewandert war, wo der robust altlinke Pauker an der antifaschistischen Gesinnung seiner Schützlinge zu feilen gedachte.

Malottke, unser politisch engagierter Gemeinschaftskundelehrer. Malottke, der radikale Friedensaktivist. Malottke, dessen moralischer Zeigefinger, wie ein Leuchtturm im wogenden Meer ethischer Diskurse, sein rettendes Licht aussandte. Malottke, der ruhelose Spendensammler und Menschenfreund. Malottke, eine politische Marionette des Zeitgeistes. Ich stellte mir damals, als Malottke noch mein Lehrer war, oft die Frage, welche Karriere er, der offensichtlich nichts in seinem Inneren fand und deswegen ganz für die Außenwirkung lebte, 1938 in Deutschland mit derselben Energie angestrebt hätte. Aber das sind unschöne Gedanken... Allerdings – zum Gauleiter hätte er es gewiss gebracht.

Kurzum, wegen Verstoßes gegen allerlei Ausflugsregeln wurden wir, die Lebensfrohen (Helle, Melly, Franke, der Captain, der Unflat und ich) vorzeitig auf die Rückreise geschickt. Malottke steckte uns, durch unser antifaschistisches Desinteresse verbittert, wutschnaubend in den erstbesten Zug, welchen wir dann, durch die gegenseitigen Fenster kletternd, auch gleich wieder verließen, um im nächsten Coffeeshop weiterzukiffen...

So vorzüglich meinte es das Schicksal mit Simon Epstein nicht. Er rannte um sein Leben, so wie wir Wohlstandskinder Jahrzehnte später, möglicherweise denselben Bahnsteig benutzend, um unseren Spaß rannten.

Kapitel 6

Menschen am Futtertrog

August 2018

Der Unflat legte die Blätter zur Seite. Seine trockene Kehle verlangte nach dieser langen Etappe des Vorlesens nach etwas Flüssigkeit. Nachdem sein Durst gestillt war, stellte er sein Glas wieder auf dem Grabstein (der heute als Theke dienen musste) ab und raunte:

„Malottke war genau der Typus von einem selbstverliebten Arschkriecher, den man heute einen politisch korrekten Moral-Wichser nennen würde. Ein solcher hilft ja bekanntlich nicht aus Nächstenliebe, sondern aus Gründen der Anpassungssucht, der emotionalen Selbstbefriedigung und der Erhöhung des sozialen Ansehens. Typen wie Malottke wechseln, je nachdem was der Zeitgeist gerade flüstert, hemmungslos die Gesinnung, die Ideologie oder die Religion. Das hatte Konny damals schon richtig erkannt."

Marie-Claire lächelte.

„Ja, Konny war clever. Aber vor allem konnte er mich zum Lachen bringen, bis mir die Luft wegblieb... Scheiße, ich war noch so jung, als er starb. Du hattest viel mehr Zeit, um ihn kennenzulernen, als ich..."

Die beiden nächtlichen Friedhofsbesucher schwiegen eine Weile, bis Max schließlich die Unterhaltung wieder aufnahm.

„Der Doppelthron – dieses Kernstück unseres Dramas – war, genau wie Konny es in seinen Aufzeichnungen beschrieben hat, der Mittelpunkt unserer frühen Jugend. Wir waren ja beide Spätzünder. Lasen noch Micky Maus und John Sinclair, Clever und Smart und Yps und... wie hießen die noch... TKKG... und so weiter, während die Freunde aus dem Fußballverein bereits ihre ersten Heavy-Petting Erfahrungen machten..."

Marie-Claire lachte.

„Ja, ihr wart Spätzünder! Nerds konnte man euch allerdings nicht nennen. Dafür verbrachtet ihr zu viel Zeit an der frischen Luft und verübtet zu häufig grenzwertige Streiche."

Der Unflat grinste haifischbreit und ergänzte: „Leck´ mich fett... Und dann dieses ständige: Heiliger Hitler von Stankt Braunau! Ich weiß noch, dass ich diesen Spruch damals permanent verwendet habe. Ich fand ihn wohl – wie sagte man noch in den Achtzigern: Affentittengeil. Heute klingt er natürlich irgendwie schräg. Damals vermutlich auch schon. Aber ich hatte Spaß daran, wenn die Leute zusammenzuckten. Allerdings haben wir nicht nur Unsinn angestellt. Wie spielten fast jeden Tag Schach und du weißt ja selbst, was für ein Talent Konny hatte..."

Marie-Claire antwortete nicht. Sie war mit ihren Gedanken bei einer anderen Geschichte. Plötzlich wurde ihr Blick kalt und sie sah ihren Begleiter ernst an.

„Glaubst du wirklich, Giacomo Gordy war für seinen Tod verantwortlich?"

Max sah zu den Grabkerzen hinunter und sagte bitter:

„Daran habe ich keinen Zweifel. Du weißt, wie ich Konny gefunden habe. Sein Blut war noch warm. Über ihm tobte dieses Ungetüm von Maschine... und ich versuchte verzweifelt ihn zu Reanimieren. Vergebens natürlich... Wie

absurd… Teile seines Herzens lagen wie blutige Schlacht-
abfälle auf dem weißen Pulverberg, der ihn umgab… Toter
konnte man gar nicht sein. Und ich versuchte es dennoch.
Immer wieder…"

Max holte sein Glas von Konnys Grab, trank einen Schluck
und warf einen Blick auf die offen Ledermappe, in der das
aufgeschlagene Manuskript lag. Dann musste er lachen.

„Ach, jetzt kommt dieses spezielle Kapitel. Das hatte ich
schon fast vergessen. Halt dich fest, Marie-Claire! Jetzt
wird es süffig."

Grinsend nahm er die Textsammlung aus der Mappe.
Marie-Claire gönnte sich unterdessen einen ordentlichen
Schluck aus ihrem Glas und lehnte sich lächelnd zurück.
Das folgende Kapitel liebte sie besonders…

Kapitel 7

Die Fahrt beginnt!
Einsteigen, Bier aufmachen, Schulterblick, losfahren.

August 1988

Aber... hey, hey, hey... Ich habe vorgegriffen und jene Ereignisse angeschlagen und überschlagen... die mich schnurstracks auf die schmale, traurige Speichertreppe führten... Schnell noch einen guten Schluck, dann schreibt es sich besser... Hoppla, bin ich breit... Folgendes geschah, nachdem ich den Staubsauger wieder ausgeschaltet, die notwendigste Scheiße zusammen gepackt und mein Auto auf die Bundesstraße gesteuert hatte, um in meine Heimat zu fahren. Also gut, ich muss zunächst einmal hinzufügen, dass ich schon ziemlich betrunken bin, während ich diese Zeilen niederschreibe...

Heute ist der... irgendwas... August 1988... und ich sitze am Küchentisch meiner lieben Oma Hedwig und meines üblen SS-Opas Heinrich. Und es war noch Bier im Kühlschrank... Scheiße, wieso war da noch Bier im Kühlschrank...?

Also... Okay... Okay... Okay... Ich werde mich jetzt erst mal sammeln und einen kleinen Spaziergang unternehmen, damit ich wieder halbwegs sinnvolle Sätze zu Papier bringen kann. Und wenn ich wieder zurück bin, beginne ich den ersten Satz mit: Also.

Also folgendes passierte, als ich heute am frühen Nachmittag aus der Stadt zurück in meine Heimat fuhr... Kaum war ich losgefahren... Ach, scheiß der Hund drauf... Ich mache mir noch ein Bier auf... Und Prost! Und weiter... Also, die kostbare Zeit in der Abgeschiedenheit meiner Wagenkabine nutzte ich zum Nachdenken. Ferner verwendete mein Körper die Fahrzeit von der großen Stadt in die Provinz zur totalen Ausnüchterung. O ja, mein Körper und ich – wir beide waren schon immer ein gutes Team. Wir hielten zusammen. Semester für Semester. Das ganze hochprozentige Studium hindurch...

Allerdings fand dieses heitere kleine Vergnügen ein jähes Ende, als ich zum ersten Mal in die Verlegenheit geriet, mir einen richtigen akademischen Job suchen zu müssen. Eine Tätigkeit, die irgendwie meine jahrelange und seltsam diffuse Anwesenheit an der Universität rechtfertigten sollte.

Ich suchte nach einem Job im Kultursektor. Aber bei der Kultur wurde allenthalben gespart. Dann fragte ich bei den Zeitungen nach und dort bekam ich tatsächlich einen Job als Volontär im Feuilleton. Als solcher wurde ich nun zu Ausstellungen von Malern geschickt, die sich mal „avantgardistische Retro-Expressionisten" oder bei Bedarf auch „abstrakte Neokubisten" nannten; kunstbetriebliche Pinselhuren also, deren substanzlose Abscheulichkeiten ausschließlich Weltekel und Daseinsverdruss erzeugten.

Mein erster ganzseitiger Artikel (die Vernissage eines postmodernen jungen Wichsers durfte von mir in voller Breite besprochen werden) sorgte denn auch für Heiterkeit in der Redaktion. Zayday Tiloou (bürgerlich: Horst Korbmacher oder Horst Hitler oder einfach nur Horst Scheißhorst...)

gestaltete jene unverschämten Leinwandbeschmutzungen, die später zu meiner Entlassung aus der Redaktion führen sollten.

Es war aber auch eine wirklich miese Veranstaltung. Schon als ich die Ausstellungshalle betrat wirkten mir die Bilder in ihrer überdimensionierten Großkotzerei als abstoßender Kunstmüll entgegen. Zu allem Überfluss wurden diese Werke, der Galerist gab sich die Blöße, auch noch erklärt. Achtung jetzt! Die folgende Scheiße muss man sich wirklich auf der Zunge zergehen lassen. Ein verwackeltes rotes Dreieck auf einer riesigen blassblauen Leinwand wurde hier:

„Symbol für das ewig weibliche in formal-ästhetischer Symbiose mit der dumpf dominierenden Männlichkeit. Das Dreieck als Schoß der Welt. An Eros und Thanatos möchte ich hier erinnern! Wer Freud kennt, der versteht diese hintergründige Intension sofort. Die Anspielung ist in ihrem Duktus unverkennbar. Aber – und hier wird die Schärfe des Denkens offensichtlich, für die Zayday Tiloou in Fachkreisen bekannt ist: Das Dreieck weist mit der Spitze nach oben! Die Frau an sich, durch dieses parabolische Ursymbol vertreten, steht auf dem Kopf, meine sehr verehrten…"

Dieser verbale Dünnschiss zog sich über zwei geschlagene Stunden hin. Der Künstler selbst, angezogen mit einer Art Kartoffelsack-Jacke, einer curryfarbenen Pluderhose und einer bunten Ballonmütze, aus der ein paar dürre teutonische Rastalocken fielen, hielt sich ebenfalls in der Menge der Besucher auf. Er nickte unablässig dem Galeristen zu und staunte Bauklötze über die unerwartete intellektuelle Ausdruckskraft seiner Farbgestaltungen.

Nein, zum Kunstkritiker war ich nicht geboren.

Ein gewisses Maß an narkotischer Toleranz, gutmütiger Heuchelei, strategischem Anpassungswillen und menschenfreundlicher Anerkennung von infantilen Gestaltungsabsichten waren hier vonnöten. Dies alles fehlte mir. Die Ausstellung der schlampig hingeschissenen Bilder wurde daher in meiner Rezension mit schlimmen und zum Teil brutalen Worten verrissen. Gemein und gnadenlos, aber beeindruckend in ihrer Aufrichtigkeit, wie ich damals dachte...

Als ich meinen Artikel schließlich in der Redaktion abgab, las ihn zunächst mein vorgesetzter Redakteur, Emil Bernecke. Dieser gab ihn dann eilig an seinen Vorgesetzten weiter, Siegfried Bernecke (listiges Brüderpaar!), der schmunzelte und sprach zu mir mit mehrfach gespaltener Zunge:

„Das drucken wir so. Gute Arbeit, Herr Gerstenberg!"

Dem Verhalten der Gebrüder mit großer Verblüffung folgend, freute ich mich fast schon ein bisschen über die Anerkennung, aber es dauerte nicht lange und die Geschichte fing an zu stinken.

Es wäre nun die Pflicht des verantwortlichen Chefredakteurs gewesen, den Artikel mit Zustimmung zu bedenken, zu korrigieren oder in den Papierkorb zu werfen. Da er allerdings, wie jeden Wochen-, Sonn- und Feiertag, derartig damit beschäftigt war, die zahllosen Volontärinnen, Praktikantinnen, Zeitungsausträgerinnen, Toilettendamen und zufällige Passantinnen zu vögeln, kam der Artikel ohne sein Abnicken in die nächste Ausgabe.

In der besagten Zeitung gab es zwei einander widerstrebende politische Strömungen. Deren Vorhandensein, ein Überbleibsel der überhitzten siebziger Jahre, sorgte für allerlei Hass und gegenseitige Vernichtungsabsichten innerhalb der Redaktion. So wie alle zementierten Weltanschauungen und Ideologien waren mir auch politische Lagerkämpfe Ausdruck von verzweifelter Sinnsuche, einer dumpf-animalischen Sehnsucht nach Gruppenzugehörigkeit und ein Akt zwanghafter Sinnproduktion – oder kurz gesagt: eine intellektuelle Form der Doofheit.

Da ich weder rechte noch linke Präferenzen teilte, fühlte ich mich in dieser Redaktion bisweilen wie in einem Affentheater, in dem wahninnige Schimpansen panisch durcheinander kreischten.

Ein Donnerwetter bekam nun der triebgeplagte Chefredakteur, Heribert Knaubel, von seinem alten Schulfreund, dem amtierenden Ministerpräsidenten (und dieser war ironischerweise der Onkel des besagten jungen Künstlers), zu hören. Mein Rausschmiss wurde gefordert und vollzogen. Ich räumte daraufhin brav meinen Schreibtisch, verließ den quasi unbezahlten Arbeitsplatz und ging ohne Abschiedsschmerzen meiner Wege.

Der Redakteur Emil Bernecke, der den Ministerpräsidenten eklig fand, weil dieser das falsche Parteibuch im Jackett trug, ließ die Umstände meines Rauswurfs daraufhin unter der Hand den beiden anderen großen Zeitungen der Region zukommen.

Ein kostenloser medialer Leckerbissen, den die Kollegen dankbar verspeisten. Die Pressefreiheit sei beschmutzt. Junger Journalist von Starpolitiker abserviert und so weiter. Ich las davon in der Zeitung und musste lachen.

Mittlerweile gewährte mir eine Nachttankstelle ein angemessenes und ekelfreies Einkommen. Meine anfängliche Heiterkeit wurde aber getrübt durch ein anhaltendes

Telefonschrillen. Man wollte mit mir reden. Es war Wahlkampf. Es ging um Umfragewerte. Es ging um Stimmen.
Es ging um alles Mögliche, aber sicher ging es niemandem
um mein Wohlergehen.
Aber egal… Das letzte Bier ist alle… Ich beende jetzt meine
Aufzeichnungen für den heutigen Tag mit einigen letzten
Zeilen... Und da diesen ganzen Scheiß ohnehin kein Mensch
jemals lesen wird, brauche ich mir um diese Scheißuhrzeit
auch keine große Mühe mehr mit Rechtschreibung, Satzbau
und anderem Gedöns zu geben...
In M. bog ich von der Autobahn in Richtung N. ab. Nach
einer knappen Stunde begrüßte mich das erste Schild
unseres heimischen Tourismusvereins, welcher unver-
drossen die gute Landluft und die urreine Qualität unseres
quellfrischen Wassers rühmte. Unsere Wälder, so der Verein
euphorisch, seien noch dicht bestanden, die Wiesen saftig
grün und das Vieh auf den Weiden grinse fröhlich in den
Tag hinein. Und Alkoholismus sei hier keine Krankheit,
sondern eine völlig normale Etappe des Lebens. Das ist
korrekt. Prost und Gute Nacht!

Kapitel 8

Beträchtlich betrunken

August 2018

Nachdem Max die letzte Zeile glucksend vorgelesen hatte, lachte er vergnügt und sagte:

„Ich liebe diese Stelle. Ich liebe das ganze Kapitel. Es ist zwar die substanzloseste Passage des gesamten Manuskripts, aber man merkt einfach, wie energisch besoffen Konny beim Verfassen dieser Zeilen war... Wie die Gedanken einfach so aus ihm heraus strömten... Ungefiltert... Ungewaschen... A stream of consciousness..."

Marie-Claire nickte.

„Ja, offensichtlich war er hackedicht. Ich vermute, er hatte des Öfteren eine Flasche zur Hand, wenn er schrieb. Den übrigen Kapiteln merkt man es allerdings nicht an. Mal abgesehen von der Geschichte auf der Geisterbrücke und eurem Abstecher zum Ende der Welt...

Das sind übrigens jene Kapitel, in denen Konnys Vorstellungskraft in ganz besonderer Weise ihre uferlose Wucht entfaltet. Ich freue mich jetzt schon auf diese abgefahrenen Passagen. Sie sind der phantastischste Teil der Geschichte. Ich hoffe, deine Stimme hält durch."

„Keine Bange, ich öle meine Stimme mit Whisky. Altes Familienrezept. Apropos Saufen… Weißt du, was ich mich immer wieder frage? Wir haben nur diese 238 Seiten gefunden. Keine weiteren Aufzeichnungen. Keine Entwürfe, keine halbfertigen Skizzen, nichts. Vermutlich sind die Seiten, die uns erhalten geblieben sind, die Reinschrift aus bestimmten Textstellen seiner Tagebücher. Bei dem Brand wurden alle seine Habseligkeiten vernichtet. Es ist nichts übrig geblieben von dem Haus, in dem Konny die letzten 18 Tage seines Lebens verbrachte. Wahrscheinlich ist er nicht mehr dazu gekommen, die versoffenen Seiten, die ich soeben vorgelesen habe, ins Reine zu schreiben. Das würde auch erklären, warum dieser Abschnitt – als einziger in der ganzen Geschichte – nicht die chronologische Reihenfolge der Ereignisse widerspiegelt. Konny packte das unfertige Kapitel einfach an die Stelle, die ihm ungefähr richtig erschien. Vermutlich wollte er es später noch redigieren und versteckte es mit den übrigen Seiten derart geschickt, dass es nicht nur alle Vernichtungsabsichten überlebte, sondern auch ganze 15 Jahre unentdeckt blieb. Teufel – so eine unglaubliche Geschichte könnte sich kein noch so betrunkener, noch so abgedrehter Schriftsteller ausdenken."

Marie-Claire nickte stumm, aber ihre Gedanken kreisten um eine andere Angelegenheit.

„Du hast meine Frage von vorhin noch nicht beantwortet. Glaubst du wirklich, dass Giacomo Gordy für Konnys Tod verantwortlich war?"

„Natürlich! Wer denn sonst? Aber da wir das Manuskript, mit all seinen Enthüllungen, erst 15 Jahre nach Konnys Tod gefunden haben, waren alle Spuren längst verwischt und Giacomo Gordy unterdessen seit 8 Jahren unter der Erde. Also höre bitte auf, dir Vorwürfe zu machen. Konny war tot. Gordy war tot. Wir konnten nichts mehr tun. Warum noch Staub aufwirbeln und den Racheengel spielen. Scheiß der Hund drauf..."

In Marie-Claire regten sich bei diesem Thema unausrottbare Schuldgefühle. In dem Jahr, als Konny starb, standen sich noch die Supermächte gegenüber und Amerika lag für Menschen aus der Auersbacher Provinz in sehr weiter Ferne. Die örtlichen Behörden waren mit dem Fall überfordert. Niemand stellte den großen Zusammenhang her. Auch niemand aus ihrer Familie. Als anderthalb Jahrzehnte später das Manuskript auftauchte, stand sie mitten in ihrem ersten großen Wahlkampf. Wäre sie zu diesem Zeitpunkt mit den Aufzeichnungen an die Öffentlichkeit getreten, hätte man ihr vorgeworfen den Tod ihres eigenen Bruders zu instrumentalisieren. Egal, wie behutsam sie auch vorgegangen wäre, ihre politischen Gegner hätten daraus eine Waffe gegen sie geschmiedet. Und daher schwieg sie. Bis zum heutigen Tag. Kein Mensch, außer dem Unflat und ihr selbst, hatte das Manuskript je gelesen. Aber wenn es für sie ein unbedingtes Lebensziel für die Zeit nach ihrer politischen Verantwortung gab, dann war es die Veröffentlichung dieser Geschichte, mit all ihren grausamen Facetten. Es wäre keine Rache an seinen Mördern. Und natürlich würde es Konny auch nicht wieder lebendig machen. Aber es wäre ein letzter Liebesdienst. Ein kleines Denkmal. Ein Grabstein auf dem Friedhof der toten Dichter.

Max schlug mit der flachen Hand auf den feuchten Grabstein. Einige Tropfen spritzen unter seiner Pranke in alle Richtungen. Er sah Marie-Claire tadelnd an.

„Ich sagte doch, du sollst aufhören mit dem Grübeln. Außerdem begeben wir uns jetzt in die finsteren Tiefen des Nationalsozialismus. Hier zeigen sich langsam die ersten Abgründe, die unsere Geschichte unaufhaltsam auf das grausame Ende zusteuern lassen."

Marie-Claire blickte mit ernster Miene auf das Grab hinab.

„Unsere Geschichte begann in dunklen Tagen und endete in Zeiten, als die Vergangenheit schon bewältigt schien."
Sie hob ihr Glas und prostete Max zu.
„Lies, Unflat! Bitte lies laut und innig, so als wäre unser Friedhof eine schaurige Mitternachtsbühne…"

Kapitel 9

Flambierte Geschichte

August 1988

Ich verließ das kleine, gramgebeugte Häuschen meiner Großeltern in Richtung „Baustoffe Gerstenberg – Mit uns bauen Sie für die Ewigkeit" und stellte meinen Wagen auf dem Parkplatz vor der Verkaufshalle ab. Ein alter Kunde, der Ruder-Rudi, so genannt, weil er bedingt durch seine gewaltige Korpulenz beim Gehen stets mit den Armen ruderte, verließ mich fröhlich grüßend den Laden, als ich eintrat. Mein Vater saß hinter der Verkaufstheke an der Kasse. Gleich über ihm hing eine gewaltige Pinnwand, übersät mit allerlei Papieren in verschiedenen Größen und Farben. Dort mittendrin im Wust der Zettel hingen überdies einige Zeitungsausschnitte, die von der unrühmlichen Medienposse, deren Teil ich bedauerlicherweise geworden war, erzählten. Artikel, die mein Vater jedem, und sei er an dieser Sache noch so wenig interessiert, stolz präsentierte.

Die obligatorische Zigarre im Mundwinkel studierte mein Vater mit stoischer Miene einen Stapel Formulare, während ich mich mit großen Schritten seinem Platz an der Kasse näherte. Als er mich kommen sah, wurde sein Blick heiter. Er drückte sich tief in seinen alten Bürostuhl und warf mir mit „Der verlorene Sohn ist wieder da!" seine Standardfloskel entgegen.

„Du kommst genau richtig! Du kannst mir helfen den LKW abzuladen."

Er warf mir ein paar Handschuhe zu und wir gingen über den Hof in die Lagerhalle. Scharfkantige Eisenroste für den Betonguss stapelten sich dort meterhoch auf der Ladefläche unseres Firmen-Lkw. Die Eisen waren schwer und äußerst unhandlich, was meinen Vater zum Ächzen brachte. Ihm blieb jedoch genug Luft, um die Konversation wieder aufzunehmen.

„Was führt dich denn her, Konrad?"

Die Wahrheit über den Grund meiner Heimkehr wollte ich vorerst geheim halten. Es schien mir ratsam, die Angelegenheit dezent anzugehen. Eine kleine Lüge war vertretbar.

„Ich schreibe gerade einen Artikel für dieses Stadtmagazin..."

„Diese Geizkragen-Postille, von der du immer erzählst? Wie viele Artikel muss man denn da schreiben, bevor einem der Hungertod widerfährt? Oder bequemen sich diese Ausbeuter endlich einmal dazu, ihre Leute auch anständig zu bezahlen?"

„Es ist eben nicht mehr so wie früher. Die Wirtschaftswunderjahre sind vorbei. Wir haben zwar einen dicken Kohl, aber leider keine dicke Kohle."

Mein Vater grinste breit. Das war Humor nach seinem SPD-Geschmack. Sein Grinsen ermunterte mich wiederrum, geschmeidig weiter zu lügen.

„In meinem Artikel soll es darum gehen, wie die Leute auf dem Land den Krieg erlebt haben. Weißt du, über die Stadtbevölkerung ist ja schon ziemlich viel geschrieben worden. Berlin. Danzig. Hamburg und so. Aber uns interessiert nun, wie es damals auf dem Lande war, mit Luftangriffen und Hungersnöten. Und natürlich, wie die faschistische Propaganda in den letzten Kriegsjahren wirkte."

Mein Vater schaute mich ungläubig an.

„Der ganze Mist ist doch nun wirklich schon tausendmal beackert worden. Du hast doch jetzt bald deinen Magister in Kunstgeschichte, da muss es doch irgendwo einen vernünftigen Job für dich geben."

„Sicher, und ich habe auch einige vielversprechende Bewerbungen in Arbeit…" Und wieder eine kleine Lüge. „Aber im Augenblick muss ich mir eben ein paar Groschen dazuverdienen. Und ein bisschen was zahlt das Magazin ja schon."

„Na, wie du meinst… Hast du schon eine Idee, wie du vorgehen willst?"

„Das weiß ich nicht genau. Schätze, ich befrage ein paar alte Leute, die den Krieg miterlebt haben. Apropos, ist dir bekannt, ob noch irgendwelche Schulkollegen von Opa Konrad leben?"

Mein Vater überlegte kurz und schüttelte dann den Kopf.

„Die meisten seiner Kameraden sind schon lange tot. Das Gros der Burschen aus unserer Gegend wurde ja nach Russland abkommandiert und von da kamen nur wenige zurück. Ich habe dir ja schon erzählt, wie wenig wir überhaupt über ihn wissen. Deine Großmutter begegnete Konrad erst wenige Monate bevor er starb. Die beiden lernten einander auf irgendeiner Kirmes kennen, verliebten sich und wollten heiraten. Das zumindest war der Plan. Nun, er musste dann ab nach Russland. Allerdings hatte er vorher, ohne Trauschein und damit in Sünde, deine Oma geschwängert. Also mich in die Röhre geschoben. Das war's dann. Punkt. Er ward nie mehr gesehen. Die

Totmeldung folgte einige Wochen später."

„Und du kennst niemanden, der mit ihm befreundet war. Keine einzige verdammte Seele?"

„Ich habe dir ja gesagt, dass die ganze Generation ziemlich stark dezimiert wurde. Aber warte mal, kennst du den alten Roßbacher noch? Der hatte früher die Metzgerei in Hollenweider."

„Der stinkende alte Fettsack?"

„Genau der! Er betrieb jahrzehntelang die Fleischerei dort, wie schon sein Vater zuvor. Die machten immer tolle Blut- und Leberwurst. Der müsste allerdings mittlerweile in Rente sein. Aber ich glaube, er lebt noch. Frag doch mal nach. Er ist mit deinem Großvater zur Schule gegangen und hat mir vor etlichen Jahren ein paar Geschichten über ihn erzählt. Aber das ist schon verdammt lange her. Der Kerl quatschte mir auf einem Feuerwehrfest die Ohren voll. Einerseits war es recht interessant, aber du weißt ja selbst, wie der alte Sack immer am Stinken war. Aber frag ihn ruhig mal aus, falls es noch lebt."

Eine Spur! Eine Spur! Der Bluthund hatte die Witterung aufgenommen. Heisa!

Zu diesem Zeitpunkt wurden meine Nachforschungen noch von einem infantilen Spieltrieb geleitet. Ein naiver Spaß, der sich aber bald schon in eine grausame Geschichte mit bösem Ende verwandeln sollte. Aber als ich unser Firmengelände verließ und mit meinem Ford Capri den Ortsrand ansteuerte, war nichts als Jagdfieber in meinen Adern.

Da es meine Eltern stets als Privileg ansahen, ihre Kinder mit Wurstwaren vollzustopfen, war mir der Weg zur Schlachterei seit Ewigkeiten vertraut. Ich betrat den Laden allerdings nun zum ersten Mal seit zehn oder fünfzehn

Jahren und bemerkte sofort, in einem Metzgerladen alten Schlages zu sein, in dem kein optischer Firlefanz der Werbeindustrie Gemütlichkeit und falsche Lebensfreude herbeizwang, sondern in dem es, gemäß der Natur des ausgeübten Handwerks, nach Tod und Verderben roch. Die mit starker Brille und noch stärkerem Körpergeruch ausgestattete Fleischverkäuferin flötete mir ein „Guten Tag! Was darf's denn sein, junger Mann?", entgegen. Abgebrüht und hintertrieben begann ich sofort mit schmeichelnden Worten meinem Verlangen nach Leberwurst Ausdruck zu verleihen, einem genussorientierten Produkt, für welches das traditionsbewusste Haus nun schon seit Jahrzehnten legendär sei, besonders durch das handwerkliche Ausnahmetalent des Seniors, der über ein halbes Menschenleben hinweg die dankesfrohen Anwohner mit Gaumenfreuden von höchster Qualität zu beglücken verstand...

Dies und anders ließ ich die zutiefst beeindruckte Metzgersbraut vernehmen, vorgetragen mit gespielter Begeisterung aber dennoch nicht ohne die beabsichtigte Wirkung. Das Fräulein war die Gattin des aktuellen Schlächters von Hollenweider, der zudem der Sohn des alten Roßbacher war. Während ich die Rechnung zahlte, erkundigte ich mich beiläufig nach dem Verbleib des Seniors. Es war allerdings keineswegs notwendig weiterhin Energie zu verschwenden, um an die gewünschten Informationen zu gelangen. Die Verkäuferin plapperte wie ein rauschender Wasserfall. Ich konnte dem Wortschwall entnehmen, dass der alte Roßbacher noch auf Erden weilte, dreimal täglich nach seiner Leberwurst verlangte, seiner Altenpflegerin wiederholt an den Arsch gefasst hatte (ja, ja, die viele Wurst!) und zudem, um die Absicht meines Besuches zu krönen, nannte sie den Namen und den Ort der Vorruhestätte, in welche man den alten Schlachter verfrachtet hatte.

Kapitel 10

Blut- und Leberwurst

August 1988

„Ich möchte Herrn Roßbacher besuchen", sagte ich zu der hübschen Altenpflegerin, die mich hinter der Rezeption mit einem strahlenden Lächeln begrüßte.

„Ach, da wird er sich aber freuen. Er bekommt so selten Besuch. Warte kurz, ich zeige dir den Weg zu seinem Zimmer." Sie stellte etwas an ihrer Telefonanlage um und ich folgte ihr durch das Foyer zum Aufzug.

In dem Altenheim roch es ähnlich wie in der Metzgerei. Tod und Verderben waren mit der Nase greifbar. Im zweiten Stock führte mich Jessica (sie trug ein kleines Namensschild an ihrem Kittel) zu einem Raum am Ende eines dunklen Gangs. Sie klopfte lautstark an die Tür und meine lüsternen Gedanken lösten sich zugunsten meiner eigentlichen Mission auf. Ich blickte über die zarte Schulter der Pflegerin hinein in dieses – so wirkte es auf mich – Wartezimmer zum Friedhof.

„Hallo Herr Roßbacher, hier ist Besuch für Sie!", rief das verführerische Wesen ins Nichts hinein und ich folgte ihr in den muffigen Raum. Unter Hinterlassung einer betörenden Parfümnote, die an diesem Ort geradezu surreal wirkte, verschwand das blühende Leben durch die Tür und mein Blick fiel auf dessen welkes Gegenteil.

Halb zusammengesunken in seinen immer noch massigen Leib saß der Alte vor dem Fenster. Er sah mich prüfend an, dann kicherte er kurz, um mir anschließend mit geradezu erstaunlicher Geschwindigkeit eine Zigarre, die er eben noch unsichtbar zwischen Vorhang und Rollstuhl versteckt hatte, entgegenzustrecken.

„Die wollen nicht, dass man auf dem Zimmer raucht. Aber die können mich mal alle am Arsch lecken", sagte er und blickte mit hochgezogenen Augenbrauen verzückt auf seine lange braune Zigarre.

„Herr Roßbacher, ich heiße Konrad Gerstenberg. Ich bin der Enkel von... Konrad Gerstenberg. Aus Auersbach."

Der Alte sah mich erstaunt an und sagte:

„Der Enkel von Konrad Gerstenberg? Ich kenne deine Familie. Ihr habt doch den Baustoffhandel, nicht wahr? Was treibt dich her, Bub?"

„Wissen Sie, ich schreibe gerade so etwas wie eine kleine Familiengeschichte."

Der alte Kauz hatte inzwischen sein Feuerzeug gefunden und zündete sich umständlich die lange Zigarre an. Wieder blickte er kurz ins Nichts, um dann mit einer Wiederholung aufzuwarten.

„Wissen Sie, die wollen nicht, dass man auf dem Zimmer raucht. Aber die können mich mal alle am Arsch lecken."

Ich setzte mich auf die Kante seines Bettes, während der leise Zweifel in mir aufstieg, ob aus dem alten Mann noch etwas Sinnvolles herauszuholen sei.

„Herr Roßbacher, ich weiß sehr wenig über meinen Großvater. Sie sind vielleicht die letzte noch lebende Person, die ihn gekannt hat. Ich wäre sehr glücklich, wenn Sie mir etwas über ihn erzählen könnten."

Der Greis blickte wieder auf seinen Tabak, nahm dann einen tiefen Zug, verweilte einen Moment in stiller Andacht oder einer besonderen Form von suchender Nachdenklichkeit und begann wenige Sekunden später derart umstandslos mit seiner Erzählung, als hätte er schon sehr lange auf einen Zuhörer gewartet.

„Wir waren ja schon zusammen auf der Schule, weißt du. Ich hab sogar das Gymnasium besucht, obwohl ich gar nicht so besonders helle war. Der Konrad half mir oft mit dem Schulkram. Ich bin aber dann trotzdem zwei Jahre vor dem Abitur abgegangen. Wollte lieber arbeiten gehen. Wir hatten viel Spaß früher, das sage ich dir. Es war eine herrliche Zeit... Junge, damals glaubten wir noch an die Zukunft. Da gab es ja noch nicht diese ganze Umweltverschmutzung und Atombomben und so. Nein, es war echt herrlich. Unschuld gab es damals noch. Echte Unschuld. Kann man sich heute gar nicht mehr vorstellen, aber früher gab es noch den Glauben daran, dass alles besser werden wird. Aber der Spaß war spätestens dann zu Ende, als wir nach Russland eingezogen wurden. Erst war ich noch mit deinem Opa in Frankfurt, da haben wir am Kunstmuseum Dienst geschoben. Fast ein Jahr lang...“

Kunstmuseum? Davon hatte ich noch nie etwas gehört. Nach meiner bisherigen Vorstellung ging mein Großvater, soviel war der Familienchronik bekannt, direkt von der Raiffeisenbank, wo er hinter dem Schalter saß, in den Osten, wo der Soldatentod auf ihn wartete.

„Wie kam es denn zu Ihrem Dienst in Frankfurt? Immerhin galt es doch anderswo die Heimat zu verteidigen. Es war doch Krieg.“

„Kunsttransporte! Darum ging´s. Von Hermann Göring persönlich angeordnet. Das war für uns natürlich eine ganz große Nummer. Na ja, für den Konrad nicht so, der war ja eher vom roten Stern.“

„Vom roten Stern? Sie meinen, er war Kommunist?"

„Ja, so ungefähr. Der hatte es mit Marx und so. Das hat mir und einigen anderen schon ein bisschen gestunken damals. Es hat aber keiner was gesagt nach oben, er war ja unser Kumpel. Ist ja auch nicht mehr wichtig. Nun, wir sollten, das war im Kriegsjahr dreiundvierzig, als Lastwagenfahrer und als bewaffnete Begleitung auf dem Krad dienlich sein. Sind immer hin und her gefahren. Frankfurt, Schweiz. Meistens nach Zürich. Aber auch Luzern und Bern. Wir waren immer sehr gerne dort."

„Wissen Sie, was genau da transportiert wurde?"

„Irgendwelcher Kunstkram eben. Aber was genau wir da herumkutschiert haben wusste keiner von uns. Es war ja alles in Kisten verpackt. Muss aber wertvoll gewesen sein, wegen dem ganzen Aufwand."

„Können Sie sich an irgendwelche Einzelheiten erinnern, die mit meinem Großvater zu tun haben. Wie war er denn so?"

„Ach, der Konrad war in Ordnung. Lustig drauf. Große Geschichten gibt's aber nicht zu erzählen. Lass mich mal überlegen... Eine Sache fällt mir da in Bezug auf das Thema, über das wir gerade gesprochen haben, wieder ein. Die Kameraden und ich haben uns nämlich drüber lustig gemacht, weil's angeblich eine Weibergeschichte war. Und der Konrad war doch ein ziemlicher Versager bei den Weibern."

Er lachte und zog erneut an seiner Zigarre. Plötzlich wurde ich der Tatsache gewahr, dass ich den alten Mann seit meiner Ankunft nur mit kalter Miene angeschaut hatte, als wäre er ein seltenes und zugleich hässliches Naturphänomen. Sofort begann ich zu lächeln, um den alten Mann bei

Laune zu halten. Aber vermutlich war mein Lächeln eines jener Sorte, bei der die Augenbrauen unbewegt bleiben und somit das falsche Wesen der gespielten Liebenswürdigkeit verraten. Dem Alten war das Ganze aber ohnehin egal. Er sprach munter weiter.

„Einmal saßen wir also auf der Treppe vor dem Museum und rauchten, als so ein kleiner Steppke mit einem Zettel ankam. Der Kleine ging direkt auf Konrad zu und meinte, er hätte eine Nachricht für ihn. Dein Großvater warf einen Blick auf den Zettel und musste dann ganz plötzlich weg. Mitten im Dienst. Es ginge um eine Braut, erzählte er uns. Aber der Konrad war, wie ich schon sagte, ein ziemlicher Versager, was das betraf. War halt so. Aber als er dann ging, habe ich mir gedacht, dass er entweder einen Kommunisten oder sonst jemanden treffen wollte, der auf der Liste der Gestapo stand...“

Etwas, das sofort heraus musste, kam mir in den Sinn.

„Kannten sie auch einen Mann namens Simon Epstein?“

Der alte Roßbacher blickte mich erstaunt an.

„Kannst du Gedanken lesen? Auf den wollte ich gerade zu sprechen kommen. Natürlich kannte ich den Simon. Er war der beste Kumpel deines Großvaters. Ich mochte den Simon auch. Und ich fand das nicht gut, wie die mit den Juden umgesprungen sind. Das hat mich geärgert und das sage ich jetzt nicht, um mich reinzuwaschen. Wozu sollte ich altes Wrack das auch tun? Nein, das war eine Schweinerei! Hieß ja auch erst, die würden nur woanders hingebracht. In den Osten, neuer Lebensraum und so. Wer hätte denn geahnt, dass diese Schweine Todesfabriken bauen? Wer denn? Sei doch mal ehrlich...“

Er unterbrach seinen Vortrag. Schien nachzudenken. Ich betrachtete ihn, wie er vor mir saß. Mein Blick streifte über die unzähligen Altersflecken auf seiner Haut. Die dicke Nase, zu deren Flanken blaugeäderte wulstige Falten sein Gesicht zerfurchten. Gewaltige Krähenfüße hingen unter seinen wässrigen Augen, wie bei einer alten Kröte. Er lachte nun nicht mehr. Die Heiterkeit war verschwunden. Einige Augenblicke später setzte er seinen Bericht fort.

„Zuerst dachten wir noch, es wäre vielleicht doch eine Weibergeschichte. Es war aber bestimmt keine. Auch wenn ich nicht der Hellste bin, denke ich, dass Konrad an diesem Tage seinen Freund Simon getroffen hat. Der war nämlich entkommen, als die Soldaten unser Dorf gesäubert haben. Ja, Junge! Ich war auch bei dem Verein und glaub mir, ich bin nicht auf alles stolz, was ich damals getan habe. Es gibt ja heute noch genug Idioten, die das alles schönreden wollen, aber...“

Und so weiter. Eine Zeit lang ratterte er die mir wohl bekannte, in vielen Varianten und Schattierungen vertraute Erklärungsroutine herunter. Ich ließ ihn reden, hörte zu, nickte, tat gefällig und wartete gespannt, bis wieder Wesentliches aus dem alten Manne quoll. Und ich wartete nicht vergebens, wie sich zeigen sollte.

„Der Göring hat ja in halb Europa Kunstschätze zusammengeraubt. Wusstest du das? Deswegen waren wir ja auch so lange in Frankfurt stationiert und mussten nicht an die Ostfront. Erst lange nach dem Krieg, das war wohl in den Fünfzigern, habe ich einen großen Artikel in der Zeitung darüber gelesen. Tonnenweise haben wir das Zeug transportiert. Dein Opa und ich und die anderen.“

Nach diversen Semestern Kunstgeschichte waren mir die musealen Raubzüge der Nazis natürlich bekannt, nur dass mein eigener Opa seinen Teil dazu beigetragen hatte, war mir neu.

Kapitel 11

Beute, Beute über alles

August 2018

„Jetzt brauche ich einen Schluck."

„Den hast du dir verdient, mein lieber Unflat. Du hast so eine angenehme, whiskywarme Raucherstimme. Es macht Spaß, dir zuzuhören. Und du bist Konnys Stimme. Niemand sonst könnte seine Gedanken besser vortragen..."

Der Unflat verbeugte sich artig vor den lobenden Worten und zündete, nachdem er das Manuskript zur Seite gelegt hatte, seine dreißigste Zigarette für diesen Tag an. Mit der Seelenruhe eines nächtlich rauchenden Friedhofbesuchers atmete er, ebenso verspielt wie gekonnt, einen kleinen Qualmring in die Nachtluft, bevor er das Thema des letzten Kapitels wieder aufgriff.

„Beutekunst. Was für ein Wort! Konny ahnte vermutlich bereits an dieser Stelle seiner Unterhaltung mit dem alten Roßbacher, dass Großvater Konrad in eine Geschichte verwickelt war, die weit über die Dimensionen einer kleinen Familienangelegenheit hinausging. Mit der Beutekunst kam ein brisanter Teil der NS-Geschichte in Konnys Nachforschungen. Brisant war es vor allem deswegen, weil 1988 noch sehr viele Täter frei und höchst lebendig umher liefen."

Marie-Claire stimmte dieser Feststellung mit einem bedächtigen Nicken zu und ergänzte:

„Es liefen allerdings nicht nur viele Täter, sondern auch viele Opfer der Diktatur umher. Wenn ich an meine Kindheit zurückdenke, war die Anwesenheit alter Männer, denen Gliedmaßen fehlten, völlig normal. Unserem Nachbarn Heinz fehlten alle zehn Finger. Sie waren ihm in der eisigen Kälte des russischen Winters abgefroren. Aus seinen Handballen lugten nur kleine Stumpen. Das fanden wir Kinder sehr gruselig. Einem anderen Nachbarn fehlte das komplette rechte Bein. Damals gab es noch keine Prothesen für solche Fälle. Er humpelte bis zu seinem Tode auf zwei Krücken durchs Leben. Das rechte Hosenbein schaukelte beim Gehen, eingefaltet und zusammengenäht, leer und traurig unter seinem Rumpf hin und her. Und unser Briefträger lief einarmig durch die Straßen. Viele ältere Männer blickten mit unheimlich wirkenden Glasaugen in die Welt. Das war die Kriegsgeneration. Sichtbar kaputt. Von den seelischen Narben ganz zu schweigen."

„Ja, ich erinnere mich auch noch gut an diese Bilder. Unser alter Lehrer, Herr Pinowski, humpelte mit einem steifen Bein durchs Klassenzimmer. Er nannte es – fast schon weihevoll – sein Andenken an Stalingrad."

„Zu jener Zeit war der Krieg wesentlich präsenter, als er es heute ist. Ich glaube du hast recht. Konny ahnte, dass er sich einem Wespennest näherte. Kommt jetzt nicht das Kapitel mit den Auszügen aus seiner prämierten Seminararbeit. Poetisch und doch wissenschaftlich gelagert. Und irgendwie sehr schräg. Lies bitte weiter..."

Kapitel 12

Beutekunst - Solo für Opa

August 1988

Es waren einmal zwei muntere Gesellen, wobei der eine Adolf und der andere Hermann gerufen wurde. Den einen drängte es Künstler zu werden, weswegen er sich in der künstlerisch veranlagten Stadt Wien um einen Studienplatz an der Akademie der schönen Künste bewarb. Die Bewertungskommission besah sich die Werke des aufnahmewilligen Adolf, befand sie aber der Hohen Kunst für unwürdig, erteilte dem um Aufnahme bittenden Adolf eine Absage und löste damit den Zweiten Weltkrieg aus, der mehr als 60 Millionen Menschen das Leben kosten sollte.

DIE WAREN DAS ALSO! Diese verdammten Schweine! Diese barbarischen Massenmörder. Schande und nochmals Schande über diese Verbrecher! Und wer kennt heute noch ihre Namen? Ich natürlich, denn sie tauchen in meiner prämierten Seminararbeit auf. Mit der Beutekunst der Nationalsozialisten musste sich meine Studienarbeit, die einigen Künstlern der Renaissance gewidmet war, beschäftigen, da etliche Werke dieser Epoche zu den erklärten Lieblingen der Kunstnarren und -diebe Adolf Hitler und Hermann Göring gehörten. Ich verwendete einen ganzen Monat kostbarer Lebenszeit darauf, die bekannten Diebeskanäle zu rekonstruieren und die Wege von einigen bis heute verschwundenen Werken so weit als möglich zu verfolgen.

Der zweite jedoch, Hermann gerufen, freute sich über das Falsche im Richtigen, fand Brot und Arbeit, Kuchen und Gold, Macht und Morphium durch das fatale Urteil der Bewertungskommission. Ach, du lieber, armer Adolf. Wärest du doch ein besserer Maler gewesen. Wäre doch dein Haar von glänzendem Blond, dein Körper groß und stählern durch die Wiener Straßen flaniert. Man hätte dich geliebt, so groß, so blond. Das hätte man gewiss getan. Nie wärest du ein Weltveränderer geworden, weil zufriedene Menschen die Welt naturgemäß nicht ändern wollen.
Aber dein Haar war nicht blond und so wurde Suleikas Haar zu Asche und aus der Asche weinte das Universum wegen all seiner Falschheit.

Oh, ist das ekelerregend pathetisch! Mir wird übel, wenn ich an meine eigenen Worte denke, Worte aus meiner prämierten Seminararbeit, die ich einerseits wissenschaftlich korrekt, andererseits in großen Teilen mit „literarischen Einsprengseln" versehen, zu Papier brachte. Dafür wurde ich von einem akademischen Gremium ausgezeichnet. Man betrachtete die ganze Sache als eine wissenschaftlich gelagerte, aber dennoch kreative Darstellung des Themas. Dabei war ich lediglich während der Niederschrift hin und wieder betrunken gewesen.
In dem letzten Teil meines Traktats, einem Abschnitt, der das Kunstverständnis der Nazis thematisierte, berichtet mein glorreiches Werk darüber, wie schon im März 1933, kurz nach dem Ende der Weimarer Republik, das Reichs-

ministerium für Volksaufklärung und Propaganda den Kulturbetrieb Deutschlands grundlegend neu gestaltete. Zu diesem Zweck wurde die Reichskulturkammer gegründet. Nur wer in dieser Behörde Aufnahme fand, durfte ausstellen, öffentlich auftreten, Filme drehen und Theaterstücke inszenieren. Durch diese Maßnahme konnte das gesamte kulturelle Leben überwacht und von allem gereinigt werden, was der neuen Ideologie widersprach. Alfred Rosenberg, auf dessen Visitenkarte stand: Beauftragter des Führers für die Überwachung der gesamten geistigen und weltanschaulichen Schulung und Erziehung der NSDAP, war als Oberaufseher in einer Position, von der jeder überzeugte Kulturkritiker nur träumen kann; er war buchstäblich in der Lage Künstler zu erheben oder zu vernichten. Produktive Geister, die der Reichskulturkammer nicht genehm waren, mussten in Kauf nehmen, dass man ihre Werke zerstörte oder sie öffentlich verhöhnte. Oder dass man gegen sie den größten Fluch aussprach, mit dem man einen künstlerisch tätigen Menschen belegen kann: das totale Arbeitsverbot. Dieser Umstand, einem Menschen sogar innerhalb seiner eigenen vier Wände die Produktivität zu verbieten, erschien mir schon als ich zum ersten Mal davon hörte geradezu unheimlich, gespenstisch, widernatürlich und unendlich traurig. Kam die Gestapo zu Besuch und fand einen feuchten Pinsel auf der Fensterbank, den Geruch von Terpentin in der Luft oder gar etwas Bemaltes auf der Staffelei, war dies Grund genug für Verhaftung und Folter. Große Talente wie Oskar Schlemmer fanden nun ihr Einkommen, indem sie Fabriken Tarnanstriche verpassten. Wer konnte, floh. Andere folgten dem Beispiel Ludwig Kirchners und brachten sich um.

Für die Leute der Reichskulturkammer stellte sich irgendwann die Frage, was zu tun sei mit der ungeheuren Menge an verfemten Kunstobjekten, die im ganzen Land unaufhörlich beschlagnahmt wurden. Alles kaputt zu machen, zu verbrennen und einzuäschern wäre eine Lösung gewesen, aber hier war es der listenreiche Göring, der schnell erkannte, welch erheblicher Marktwert in dem verachteten Material lag. Im eigenen Lande konnte die entartete Kunst aus ideologischen Gründen natürlich nicht versteigert werden. Aber wofür haben wir die Schweiz, mag sich Hermann Göring geschäftstüchtig gedacht haben.

Ganze Güterwagons geraubter Werke wanderten so auf gut besuchte Auktionen nach Genf, Lausanne und Zürich, um die künstliche Finanzmaschine der Nazis am Köcheln zu halten. Nachdem anfangs nur verpönte Kunstwerke zusammengetragen wurden, wechselten schließlich auch gediegene Klassiker die Eigentümer. Auch wenn es zunächst noch Hemmungen gab, das kulturelle Erbe der eroberten Gebiete im westlichen Raum anzutasten, verflog diese Zurückhaltung nach und nach zur Gänze.

Hitler und Göring trugen beiderseits gewaltige Kunstsammlungen alter Meister zusammen; ersterer träumte von einem Museum der – es konnte nicht anders sein – Superlative. Letzterer verwandelte sein legendäres, in alle Himmelsrichtungen wachsendes Phantasieschloss, genannt Carinhall, in ein überbordendes, bizarres Privatmuseum. Was in Deutschland begonnen hatte, verlief nach Ausbruch des Zweiten Weltkrieges in halb Europa nach der gleichen Methode. Den Kampftruppen folgten die Kunsthändler. Ein Mann namens Hans Posse war hierbei der Chefeinkäufer Hitlers. Der Kunstsachverständige Franz

Hofmann versorgte in derselben Position Hermann Göring mit frischgeraubtem Kulturgut. Zu dieser akademischen Sondereinheit gehörte ein ganzes Heer von kulturell bewandertem Fußvolk, welches der Beschlagnahmungskommission zuarbeitete.

Namen, Namen, Namen. Es waren derer viele, die bei meiner Recherche auf mich zukamen, ins Gedächtnis schlüpften und dort oftmals sogleich wieder ins Vergessen entschwanden. Ein Name jedoch, ein Name, den ich irgendwann einmal, alte Dokumente im Hessischen Staatsarchiv durchforstend, in mein Notizheft schrieb, blieb mir im Gedächtnis haften. Sicherlich wegen seines gewichtigen Klangs, dieser Melodie hoher Herkunft. Ich konnte damals natürlich noch nichts ahnen, von dessen Verknüpfung mit meiner eigenen Geschichte. Und dass ich vielleicht nie geboren worden wäre, ohne dessen Träger.

Als ich bei dem alten Manne saß, dem greisen Roßbacher, wusste ich aber noch nichts von der enormen Bedeutung, den der Name Friedhelm von Görlitz für meine Familie besaß.

Zum alten Roßbacher sagte ich: „Doch, durchaus...", nachdem mich diese Überlegungen zumindest gedanklich für einige Momente aus dem muffigen Zimmer des Altenheims gerissen hatten.

„Mit dem Thema Beutekunst bin ich vertraut, aber inwiefern waren Sie und mein Großvater daran beteiligt?"

„Nun, wir waren natürlich kleine Fische. Wehrmachtssoldaten, die abkommandiert waren, um beim Verladen anzupacken und die Transporte zu eskortieren."

„Heißt das, Sie waren in halb Europa unterwegs?"

„Na, so ganz nicht. Unsere Einheit unterstand dem jungen Friedhelm von Görlitz. Das war ein extrem ehrgeiziger Typ. Ein richtiger Karrieremacher. Aber in halb Europa waren wir nicht unterwegs. Hauptsächlich in Frankreich und in Holland. Und zum Abladen natürlich in der Schweiz."

„Was ist mit Simon Epstein geschehen? Wie konnte er Kontakt zu meinem Großvater aufnehmen? Der saß immerhin mitten in der Raubtierhöhle."

„Ich erinnere mich gut an diesen Tag... O ja, dieser Tag ist mir unvergesslich geblieben. Wir kamen gerade aus Holland zurück und haben die Sachen, also ich meine die ganzen Kunstwerke, in Frankfurt zwischengelagert. Wir mussten noch auf eine Fuhre von irgendwoher warten, aus Antwerpen glaube ich, mit der Friedhelm von Görlitz persönlich eintreffen sollte. Irgendwann kam er dann auch, der Görlitz. Aber etwas stimmte nicht mit ihm. Er war weiß wie eine Wand. Wirkte, als wäre der Teufel persönlich hinter ihm her. Ich weiß das noch so genau, weil ich mich später mit dem Paule, der war auch mit uns zur Schule gegangen, darüber unterhalten habe, als wir mit der Bahn unterwegs waren in Richtung Russland. Ach, der Paule... Der Paule ist drauf gegangen, als wir oben bei Smolensk gegen eine sibirische Schützendivision angerannt sind. Der Paule war übrigens auch ein guter Freund von deinem Opa."

Er zog an seiner Zigarre, schwieg eine kurze Weile und sprach dann, den Blick durch untergegangene Welten schweifen lassend, weiter.

„Das war eben ganz ungewöhnlich. Dieser adlige Sauhund! Sonst immer ganz der Offizier. Arrogant und stolz, als hätte er Tafelsilber im Arsch. Aber an diesem Tag war er am Schlottern. Keiner wusste warum. Hat uns aber gefreut, irgendwie. Der blöde Hund."

„Vielleicht wurde irgendein besonders wertvolles Kunstwerk transportiert. Eines von unermesslicher Bedeutung, oder so?"

„Ach was, der von Görlitz hatte doch ständig die dollsten Dinger in der Mache, ohne mit der Wimper zu zucken. Nein, bei dieser Fuhre ging es nicht um Kunstwerke, da bin ich mir sicher. Da ging es um etwas anderes..."

„Ich bewundere Ihr Gedächtnis, Herr Roßbacher. Wie können Sie sich nach all den Jahren derart genau an diesen Tag erinnern?"

Das eben noch tief in der Vergangenheit versunkene Gesicht des Alten starrte mich plötzlich finster, fast hasserfüllt an.

„Weil es an diesem Tag das letzte Mal war, dass ich von Görlitz, deinen Großvater und meinen Bruder Eugen gesehen habe. Erschossen haben sie ihn nämlich unterwegs, meinen kleinen Eugen..."

Die abrupte Wendung der Geschichte überrumpelt mich. Ich atmete tief ein, ohne meinen Blick von dem Alten abzuwenden, und fragte ihn leise: „Was ist damals geschehen, Herr Roßbacher?"

„Eins nach dem anderen. Wo war ich eben stehen geblieben? Dein Großvater hatte bei uns im Dorf angerufen, um Bescheid zu geben, dass wir eine Woche in Frankfurt wären. Wir hatten gehofft, alle mal einen Abstecher in die Heimat machen zu dürfen. Durften wir aber nicht. Mussten Tag und Nacht auf den Befehl zum Abmarsch warten. Aber so hatte der Simon wohl mitbekommen, dass Konrad in Frankfurt war. Dein Großvater hat das später alles nur angedeutet, aber ich reime es mir so zusammen: Irgendwie hatte Simon es wohl geschafft, sich bis in die Stadt durchzuschlagen. In Frankfurt war es natürlich brandgefährlich für ihn. Ich vermute, er hat sich dann solange vor unserem Museum herumgetrieben, bis wir mal für eine Zigarettenpause raus sind. Wir waren nur eine kleine Gruppe. Dein Großvater, ich und noch drei bis vier andere. Den anderen konnte Simon natürlich nicht trauen. Er wusste sich aber zu helfen. Als wir gerade wieder reingehen wollten, kam dieser kleine Bub angelaufen und hatte einen Zettel für Konrad dabei. Wir anderen lachten sofort und fragten, ob der Konrad denn ein Liebchen in Frankfurt hätte. Der lachte ebenfalls und sagte, die Braut hieße Lili und er müsse mal kurz verschwinden. War selbstverständlich verboten, so ohne Erlaubnis mal abzuhauen. Aber wir hielten dicht und dein Opa verschwand mit großen Schritten die Straße runter..."

Genau hier wurde es spannend und genau in diesem Augenblick trafen kräftige Fausthiebe die Zimmertür, die einen Moment später aufgerissen wurde.

„Herr Roßbacher, es ist Zeit fürs Abendessen...HABEN SIE ETWA SCHON WIEDER AUF IHREM ZIMMER GERAUCHT?" Die korpulente Frau, die auf orthopädischen Sandalen durch das Zimmer stampfte und ohne ein Wort des Grußes das Fenster aufriss, entsprach im Gegensatz zu ihrer Kollegin vollkommen meinem Klischee einer Altenpflegerin.

„DAS WAR JETZT DAS LETZTE MAL, HERR ROSSBACHER. ES GIBT HIER REGELN!", herrschte sie ihn an, um dann – etwas leiser – ein: „Sind Sie fertig, können wir runterfahren?", anzufügen.

„Ach, ich unterhalte mich im Augenblick ganz hervorragend mit dem jungen Mann hier. Eigentlich habe ich auch gar keinen Hunger."

„Sie können Ihre Unterhaltung gerne morgen fortsetzen, die Besuchszeit ist ohnehin gleich zu Ende," sagte sie energisch, schob sich an mir vorbei und machte Anstalten, den Greis aus dem Zimmer zu schieben.

Ein Altenheim ist kein Ponyhof. Daher machte ich der forschen Pflegerin auch keinen Vorwurf wegen ihres rüpelhaften Auftritts, sondern fragte nur beiläufig: „Darf ich vielleicht bis nach dem Abendessen hier warten...?"

„Junger Mann, es gibt hier REGELN", herrschte sie mich unerbittlich an.

„Gut, gut", sagte ich, mittlerweile stehend, an den alten Soldaten gewandt. „Wenn es Ihnen recht ist, Herr Roßbacher, komme ich morgen wieder vorbei."

„Aber klar! Ich freue mich über Besuch. Und wenn ich nicht auf meinem Zimmer sein sollte, mache ich vermutlich ein bisschen Trimm dich im Wald oder ich besorge es irgendeiner dementen Zuchtstute im Ruhestand. Ha, ha, ha...!"

Die Pflegerin verdrehte die Augen und schob den alten Kauz in den Flur. Was für ein verrückter alter Sack. Was für eine emsig sprudelnde Quelle. Ich musste lächeln.

Wäre in diesem Augenblick auch nur der leiseste Verdacht, die kleinste Andeutung der Befürchtung in mir erwachsen, den ergrauten Veteran nie wieder zu sehen und befragen zu können, ich hätte auf die Regeln des Heims gepfiffen. Ich hätte den alten Mann ausgequetscht, bis mir die Fragen ausgegangen wären.

So aber verließ ich artig das Seniorenstift, nicht ohne am Empfang noch einmal nach der altenpflegerischen Venus zu spähen, die hier sicher so manchen Stift in Wallung brachte. Aber zu meiner Enttäuschung war von ihr nichts mehr zu sehen. Auch Elfen gehen, schreiten, schweben in den Feierabend, dachte ich beim Hinausgehen, vergaß dieses Thema aber relativ schnell wieder, weil die Blumen im Vorgarten so einnehmend dufteten. Dem Paule, so dachte ich weiter, wäre dieser Duft – hier und heute – sicher auch ein Genuss gewesen, sofern die sibirische Schützendivision kollektiv vorbeigeschossen hätte. Oben bei Smolensk.

Das Seniorenheim lag ein wenig außerhalb der Ortschaft, so wie man auch Industriebetriebe, Kläranlagen und Friedhöfe gemeinhin auslagert. Der Parkplatz, vielleicht um es den ab und an auftauchenden Verwandten so bequem wie möglich zu machen, war recht geräumig angelegt. Es standen dort an jenem Tage vielleicht zehn Fahrzeuge quer über den Platz verstreut. Als ich meine Wagentür öffnete, fiel mein Blick zufällig auf eine weiße Mercedes Limousine, die auf der anderen Seite, etwa 20 Meter von mir entfernt, parkte. Ich stutzte, da ich mir sicher war, genau diesen Wagen eben noch vor der Metzgerei Roßbacher in Hollenweider gesehen zu haben.

Auffällig war der Mercedes schon wegen der verdunkelten Heckscheiben und der Zugehörigkeit zur exklusiven Oberklasse. Ein seltenes Bild auf dem Lande.

Purer Zufall und hat mit meiner Sache nichts zu tun, dachte ich mir und fuhr mit einem Irrtum nach Hause.

Kapitel 13

Als Blut- und Leberwurst noch unbelastete Wörter und Speisen waren

August 2018

Max senkte das Manuskript und streckte sein Kreuz, das das durch die leicht gebückte Lesehaltung, die er auf seiner Bank sitzend eingenommen hatte, ein wenig schmerzte.

„Ich habe noch deutliche Erinnerungen an die Metzgerei Roßbacher in Hollenweider. Ich war einige Male mit meinem Vater dort. Mit unserem alten Renault. Einem R4 mit Handgangschaltung. Heilige Scheiße! Mein Vater soff immer beim Autofahren. Und ich musste ihm die Bierflasche halten, wenn er sich eine neue Zigarette ansteckte. Aber das waren wunderbare Autofahrten. Mein Vater spielte mir die besten Songs der Rockgeschichte vor, die meist ein wenig ausgeleiert aus dem alten Kassettendeck kamen. Dabei drehte er die Musik immer auf volle Lautstärke, weil nur noch ein einziger Lautsprecher funktionierte. Und wenn er nicht Bier schluckte oder an seiner Zigarette saugte, erzählte er mir schmutzige Witze, über die wir uns beide schlapp lachten, obwohl ich die meisten Pointen gar nicht richtig verstand. Ich ergänzte die Wissenslücken durch meine Phantasie und der Rest ergab sich durch die reine Freude am Mitlachen. Mein Vater konnte wunderbar lachen. Der ganze Wagen vibrierte, wenn Manni lachte.

Wie du weißt, war er Alkoholiker. Rettungslos verloren. Aber ich habe ihn geliebt und er liebte mich auch. Auf seine eigene Art und Weise. Wir haben immer viel miteinander gelacht. Trotz all der schrecklichen Sachen. Manni tat immer alles, um mich zum Lachen zu bringen."

Max blickte wieder hinunter auf die handbeschriebenen Seiten, die er in seinen Händen hielt. Er dachte an seinen letzten Besuch im Sanatorium. Das war der Tag, bevor sein Vater starb. Der Patient war nicht mehr in der Lage gewesen zu reden. Er röchelte nur noch unverständliche Laute aus seiner sterbenden Kehle, die immer so lautstark hatte lachen können.

Marie-Claire kannte Max Friedmanns familiären Hintergrund. Sie verstand seine Melancholie. Seine verlustbedingte Traurigkeit. Und sie wollte ihn gerne wieder zum Lachen bringen, so wie es sein Vater viele Jahrzehnte zuvor getan hatte.

„Also ich erinnere mich kaum noch an die Metzgerei Roßbacher. An den alten Roßbacher habe ich gar keine Erinnerungen mehr. Falls ich ihn überhaupt je gesehen habe. Dass er allerdings an demselben Tag starb, an dem Konny ihn über die Vergangenheit und über Simon Epstein befragte, halte ich – im Gegensatz zu Konny – für keinen Zufall. Giacomo Gordy kannte den alten Roßbacher persönlich. Es musste Gordy eine Höllenangst eingeflößt haben, dass plötzlich ein Zeitzeuge mit im Spiel war.

Jemand, der die Zusammenhänge zwar nicht kannte, der aber einen jungen neugierigen Kunsthistoriker auf die richtige Fährte bringen konnte."

„Das sehe ich genauso. Nach allem, was wir heute wissen, lag unser lieber Konny völlig falsch mit seiner Bewertung von Giacomo Gordy. Ich lag allerdings mit meinem Urteil ebenso daneben. Es war 1988 und wir waren noch so jung und stellenweise unglaublich naiv..."

Max gönnte sich einen großen Schluck Whisky, schloss für einen Augenblick genussversunken die Augen, während die Flüssigkeit leicht brennend durch seine Kehle rann und las dann weiter.

Kapitel 14

Hunger. Hunger.
Und ein bisschen Durst.

August 1988

Durch die intensiven Ermittlungen hungrig geworden, fuhr ich von dem Seniorenheim des alten Roßbacher direkt zu meinem Elternhaus. Unsere Haustüre war wie immer unverschlossen. Kaum eingetreten vernahm ich wundervolle Musik, die aus dem oberen Stockwerk herunterschwebte. Pink Floyd. Mein kleines Schwesterchen war offensichtlich zu Hause. Sonst scheinbar niemand, wie mir ein Blick in Küche und Wohnzimmer verriet. Ich ging nach oben, klopfte an die Zimmertür der schwesterlichen Bude, bekam keine Antwort und klopfte noch einmal. Rief dann laut den Namen meiner kleinen Schwester und trat schließlich ein.

Marie-Claire lag – völlig entspannt – in Straßenklamotten auf ihrem Bett. Geschlossenen Auges, innerlich in die sphärischen Klänge der britischen Wunderknaben versunken, mit dem Kopf sachte wippend, gleichsam in die Wirkung ihrer selbstgebauten Zigarette vertieft, war sie offenbar verschmolzen mit reproduzierten Tönen und in Echtzeit sich entwickelnden Phantasien. Kurzum: Unserer trägen Erdenwelt entrückt und musikalischen Paradiesen nahe.

Sie hatte die Musik recht laut aufgedreht und hörte daher nicht, wie ich über den Teppich nähertrat. Erst als ich ihr den Joint aus dem Mundwinkel nahm, riss sie erschrocken die Augen auf.

„Scheiße! Konny, du Arsch! Ich kriege hier noch einen Herzinfarkt auf meine jungen Tage! Kannst du nicht anklopfen?"

„Habe ich ja getan, aber Mademoiselle hat sich scheinbar bis zur völligen Gehörlosigkeit taub gekifft..."

Ich nahm einen Zug von ihrer Selbstgedrehten und sah mich gezwungen, sie brüderlich zu tadeln.

„Brauner Afghane. Leider beschissene Qualität, total gestreckt. Warst du etwa bei Kalle einkaufen? Habe ich dir nicht hundertmal gesagt, dass du nur Kemal vertrauen kannst?", raunte ich der Ertappten entgegen. Den Ellbogen angewinkelt, den Kopf in die Hand gelegt, grinste sie mich an und verdrehte dabei die Augen. Ich musste unwillkürlich mitgrinsen.

„Um Drogen macht man einen Bogen", sagte ich dann mit erhobenem Zeigefinger, während ich mit der anderen Hand die Lautstärke ihrer Anlage etwas leiser stellte.

„Hat man dir das etwa nicht erzählt?"

„Doch, ich glaube Jasmin beglückte mich einmal mit kostbaren Lebensweisheiten dieser Art." Wir mussten beide lachen. Unsere Schwester Jasmin war Sozialpädagogin, Weltfriedensaktivistin, Ostermarsch-Marschiererin und sie war Malottkes Lieblingsschülerin gewesen. Sie machte immer alles richtig, trug eine unerträgliche Höflichkeit mit sich herum und ölte ständig ihr *Bitte und Danke* ab. Sie rauchte und soff nicht und hatte ihr Studium in der Regelzeit durchlaufen. Weiß der Henker, wo sie das her hatte. Sie war eindeutig das schwarze Schaf der Familie.

„So, jetzt nimmt jeder noch einen ordentlichen Zug und

dann gehen wir runter in die Küche und du erzählst mir alle Neuigkeiten, während ich uns ein paar Leberwurstbrote mit original Roßbacher zubereite."
Wenig später saßen wir in der Küche und gönnten uns einen von Vaters besten Weinen, welchen wir dem verstaubten Keller abgetrotzt und sogleich fröhlich entkorkt hatten.

Marie-Claire (meine Eltern waren bei der Namensgebung ihres vierten Sprosses unerwartet mutig gewesen) saß erhöht auf einem Barhocker und plauderte, wie nur Mädchen plaudern können – mit fünfhundert Anschlägen pro Minute – unbeschwert vor sich hin. Ich lauschte mit Entzücken all diesen umherschwirrenden Worten. Nur ab und zu deutete ich mit einer Kopfbewegung, je nach Wendung des Wortgewitters, Ablehnung oder Zustimmung an. Meinen Wein genießend war ich schon einfach glücklich hier an diesem friedlichen Ort zu sein. Plötzlich schrillte das Telefon. Meine kleine Schwester sprang sofort auf. Sie sprang immer auf, wenn das Telefon klingelte; neugierig auf den Wortwechsel, der zwangsläufig folgte.

„Hallo... Na, dich habe ich ja ewig nicht mehr gesehen... Boha, du bist eine alte Sau! Ja, ja, der ist auch hier... Wir hängen gerade dumm rum und trinken Wein. Und gekifft haben wir auch schon ordentlich..."

Meine kleine Schwester war mittlerweile schon etwas betrunken, wie mir schien. Darüber hinaus verriet ihre Wortwahl unzweifelhaft, welche Person am anderen Ende der Leitung unflätige Kommentare ausspuckte.

„Hier, ist für dich. Der Unflat!"

Ich nahm den Hörer entgegen und sprach mit aristokratischem Bariton:

„Ja bitte, mit wem habe ich das Vergnügen?"

„Konny, du alte Schlampe! Na, da leck` mich doch einer an meinem blaugeäderten Spaßorgan! Eben habe ich den Ruder-Rudi getroffen. Und was erzählt mir der Ruder-Rudi? Der Konny wäre da. Wieso lungerst du also noch zu Hause rum, anstatt gemeinsam mit dem besten Mann der Welt fröhlich einen zu Saufen?"

„Du redest noch schneller und blumiger, als meine kleine Schwester. Lest ihr dieselben Frauenzeitschriften?"

„Ich lese nur Frauenzeitschriften mit nackten Frauen drin. Das weißt du doch. Also, was ist? Kommst du vorbei? Der Kühlschrank ist voller Bier! Paradies auf Erden!"

„Hmm... Einem Kühlschrank konnte ich noch nie widerstehen."

„Sehr gut! Also wirf den Hörer in die Ecke und bewege deinen Arsch in die richtige Richtung, du weißt ja, die liegt – leicht zu finden – exakt der falschen gegenüber. Und frag´ deine Schwester mal, ob sie noch Jungfrau ist. Bis gleich!"

„Bis gleich, Fräulein Rottenmeyer...", sprach ich in eine bereits gelöste Verbindung und warf dann den Telefonhörer wieder meiner Schwester zu.

„Ich soll dich vom Unflat fragen, ob du noch Jungfrau bist."

„Ach was! Ist das heute das Thema des Tages? Also, mein Regierungssprecher sagt dazu: Kein Kommentar... Und außerdem lese ich keine Frauenzeitschriften, du Schlumpf...", keifte Marie-Claire. Doch bevor sie weiter ausholen konnte klingelte es an der Tür. Wie das Läuten des Telefons, so besaß auch der Klang der Eingangstür hier in Auersbach keinen bedrohlichen Charakter, sondern war vielmehr Vermeldung heiteren Besuchs, der in Gestalt von Nina und Melanie zu uns in die Küche strömte.

Die Haustüre war ja offen gewesen, weswegen die besten Freundinnen der eben noch keifenden Schwester nun ohne Zeitverlust losgiggeln konnten. Auch ich wurde begrüßt, unter Worten begraben und bevor ich auch nur einen Halbsatz formulieren konnte, waren sie alle nach oben verschwunden, wo die britischen Wunderknaben noch immer in Endlosschleife musizierten.

Kapitel 15

Der Unflat

August 1988

Mit der noch zu einem Drittel gefüllten Weinflasche ging ich zu meinem Wagen, legte meine Lieblingskassette ein und fuhr dann los. Auf der Landstraße kam mir die Polizei entgegen. Es war Frank, mein alter Schulkollege. Ich grüßte ihn fröhlich mit der Weinflasche, als er an mir vorbei fuhr. Er hielt sich dienstwidrig – aber freundschaftlich loyal – mit der rechten Hand die Augen zu. Ich sah wie er grinste. Der gute alte Frank.

Zehn Minuten später bog ich von der Straße ab und stand bald vor dem Haus meines unflätigen Freundes. Der Unflat provozierte schon immer heftige Aversionen bei seinen Zeitgenossen. Diese wütenden, teils aggressiven Reaktionen auf sein rebellisches Wesen verschafften ihm jedoch, auf dunkle und irgendwie besorgniserregende Weise, mehr Freude, als anderen Menschen öffentlich bekundete Zuneigung.

Nachdem wir zufällig in der fünften Klasse zusammengesetzt wurden, in der ersten Reihe, direkt vor dem Pult, wo unser Klassenlehrer uns am besten im Blick hatte... Nun gut, eigentlich war es gar kein Zufall, denn es gab ein Vorspiel: Im Zuge einer ausgesprochen dämlichen Idee entfachte ich nämlich ein Feuerchen in einer Kabine des Schulklos, weswegen das Gebäude evakuiert werden und die Freiwillige Feuerwehr anrücken musste.

Der Unflat hatte etwa zur gleichen Zeit unsere Konrektorin

Frau Zierse in aller Öffentlichkeit als Bückschlampe und Drei-Groschen-Hure beschimpft. Und damit war unsere Freundschaft besiegelt.

Zunächst konnte ich diesen Typen, der damals noch Max Friedmann hieß und von dem jeder wusste, dass er ein „Asi" war, dessen Vater in der Trinkerheilanstalt verfaulte und dessen Mutter den Kopf in den Gasofen gesteckt hatte, ums Verrecken nicht leiden. Der Unflat pflegte seinerseits eine Abneigung gegen den neuen Sitznachbarn, weil dieser der Sohn eines bekannten Baustoffhändlers war. Ein Geldheini also. Dass wir ständig den Gerichtsvollzieher vor der Tür hatten, sowie eine Mutter, die uns in Endlosschleife eine Zukunft in der Gosse prophezeite, konnte der kleine Friedmann natürlich nicht wissen.

Da saßen wir also auf unsern Exilplätzen (denn unsere angeborene Heimat war die Hinterbank) Arsch an Arsch nebeneinander, im Dunst vorurteilsbeladener Feindseligkeiten, als eines Tages ein nasses Papierklümpchen Max am Hinterkopf traf. Der Beschossene drehte sofort den Kopf, um den Urheber des Attentats ausfindig zu machen. Diesem war an Geheimhaltung, und also an dem Versuch seine provokante Tat zu vertuschen, keineswegs gelegen. Klaus Degenhard, der übelste Raufbold und dümmste Dummkopf der sich an unserer Schule herumtrieb, hielt sein Blasrohr nicht nur leicht erhoben in der Hand, er umgriff es vielmehr dergestalt, als wenn er aus einer Flasche trinken wollte. Während er dies tat, verdrehte er die Augen, ließ die Zunge seitwärts aus dem Mundwinkel quellen und brachte seinen hohlen Schädel zum Rotieren. Kurzum, er imitierte mit seinen bescheidenen pantomimischen Mitteln dilettantisch aber wirkungsvoll einen Betrunkenen.

Dies war freilich eine unverhohlene, grausame Anspielung auf das traurige Schicksal des alten Friedmanns, dessen Sohn es dann auch keine Sekunde länger auf seinem Stuhl hielt. Mit einem Satz war der kleine Max aufgesprungen, um dem körperlich weit überlegenen Degenhard – der machte die Fünfte gerade zum zweiten Mal – an die Gurgel zu springen.

Die beiden kippten über den degenhardschen Stuhl zu Boden, womit eine wilde Rangelei begann, die jedoch mit kräftiger Hand von unserem Klassenlehrer Dr. Wollweber beendet wurde, indem er den beiden Delinquenten je eine tüchtige Ohrfeige verpasste und sodann den armen Max auf seinen Platz in der ersten Reihe zurück verfrachtete, nicht ohne Verwendung übler Beschimpfungen über das verkommene Wesen des kleinen Friedmanns. Ein Eintrag ins Klassenbuch wurde vorgenommen, ein Verweis von der Schule in Aussicht gestellt. Einziger Schuldiger: Max Friedmann.

Dieser machte nicht die geringsten Anstalten sich zu verteidigen, die vorhergehende Attacke des bösen Degenhard zu schildern oder auch nur anzudeuten. Mit starrem, zu Boden gerichtetem Blick ließ er die ganze Schuld auf seinem kleinen Kinderkreuz abladen. Ich schaute mich, von dem Verlauf des Geschehens verwirrt, nach hinten um. Und als ich dort in das selbstgefällige, niederträchtige breite Grinsen des schurkischen Klaus blickte, der mit sichtlichem Genuss seine blutende Nase mit einem Papiertaschentuch tupfte, war es um meine Zurückhaltung geschehen. Mitten ins Wort fiel ich dem verblüfften Dr. Wollweber; mit hektischen Sätzen schilderte ich meine Version des Vorfalls, benannte Degenhard, wegen seiner grässlichen Parodie, als den Hauptschuldigen, bezeichnete ihn als ewigen Aggressor und erzählte bei der Gelegenheit gleich noch von anderen Missetaten des verdorbenen Mitschülers. Scheinbar war mein kleines Plädoyer, dessen Energie zweifelsohne dem Zorn über die offensichtliche Ungerechtigkeit geschuldet war, nicht ohne Wirkung. Mit einem schnellen Strich annullierte unser Lehrer den Eintrag, um dann im Unterricht fortzufahren, ohne dem Vorfall weitere Beachtung zu schenken. Seit diesem Tage sind Konrad und Max brüderliche Freunde und den üblen Degenhard durfte ich von nun an zu meinen Feinden zählen. Schon wenige Stunden später, auf dem Nachhauseweg, lauerte mir der feige Degenhard mitsamt seinen debilen Freunden auf. Aber das war nicht schlimm. Blaue Flecken verheilen und Platzwunden wachsen wieder zu. Aber einen echten Freund, einen wahren Daseinsgefährten, hat man vielleicht nur einmal im Leben.

Ich parkte meinen Wagen vor Unflats Haus. Kaum war ich ausgestiegen, kam mir Hitler entgegen. Er freute sich wie immer mich zu sehen. Der Unflat gab seinem bunt geschecken Straßenköter den Namen des tyrannischen Diktators ohne politische Absichten. Vielmehr erfreute er sich der Wirkung, die unmittelbar einsetzte, wenn er bei einem Spaziergang nach seinem Hund rief und die Leute zusammenzuckten, wenn der Götzenname fiel. Ich mochte Unflats anarchistische Ader. Sie war ehrlicher und antifaschistischer, als all die Brüllaffen und Betroffenheitsdarsteller, die auf Ostermärschen und anderen Kollektivveranstaltungen nach Aufmerksamkeit lechzen.

„Mein Kühlschrank ist doch leerer als ich dachte. Hat sich wohl selber leer gesoffen. Lass uns zum Keiler fahren", erscholl es von der Veranda her, wo der Unflat, ein Holz-fällerhemd über seine breiten Schultern ziehend, soeben das Haus verließ. Der Unflat war sehr groß gewachsen, trug seine flachsblonden Haare kurzgeschnitten und aus seinem kantigen Gesicht lachten zwei meerblaue Augen. Mit seinem ewigen Haifischgrinsen kam er breitbeinig die Treppe herunter. Und als wären die Jahrhunderte spurlos an uns vorbeigegangen, umarmten wir uns wie zwei fröhliche Gesellen zu Werthers Zeiten. Unter den üblichen Witzen über das verkommen Wesen und das er-bärmliche Aussehen des jeweils anderen ging´s in meinen Wagen. Da füllten wir das Wageninnere mit Geschichten und froher Laune, fanden noch eine Dose Bier auf dem Rücksitz, wurden noch lustiger und erreichten alsbald die anvisierte Bierschenke.

Kapitel 16

Die Daseinswoge

August 2018

„Nun ja, mit Sturm und Drang formuliert... Er stellt mich ziemlich idealisiert dar, aber seine Worte drücken echte abgefuckte Freundschaft und Zuneigung aus", sagte der Unflat und grinste haifischbreit über das Grab hinweg.

„Das stimmt. Aber auch die Beschreibung meiner Person entspricht stellenweise eher dem Bild der idealen Schwester aus einem Jane Austen Roman... Dennoch, wenn wir zwanzig Prozent dichterische Freiheit abziehen, erhalten wir ein realistisches Bild der damaligen Zeit."

Max ergänzte lachend: „Konny übertrieb von Natur aus. Das war eben seine Art. Deswegen war es auch nie langweilig in seiner Gegenwart. Die Ideen sprudelten aus ihm heraus und die schnöde Alltagsrealität konnte da einfach nicht mithalten. Aber eines beschreibt er in seinen Aufzeichnungen sehr präzise: Der Umstand, wie wir Freunde wurden und warum unsere Freundschaft so unverbrüchlich bestand. Und wie diese Freundschaft mich rettete. Ich glaube nicht, dass ich die Pubertät ohne eure Familie überlebt hätte. Früher oder später wäre ich auf die schiefe Bahn geraten. Früher oder später wären harte Drogen in mein Leben getreten und ich hätte keine Veranlassung gesehen, mich nicht von ihnen töten zu lassen."

„Das galt für Konny genauso. Du und das Schachspielen waren sein Rückhalt. Seine angeborene Affinität zum Rausch konnte er nur durch diese Stütze im Zaum halten."

„Eine angeborene Affinität zum Rausch... Das hast du
schön formuliert. Aber ist diese Neigung nicht jedem an-
geboren? Menschen, die gar keine Drogen nehmen vermissen sie nur deshalb nicht, weil sie die Glücksgefühle
nicht kennen, die mit dem Konsum einhergehen."
Marie-Claire zuckte erst mit den Schultern, neigte dann
neckisch den Kopf ein wenig zur Seite und sagte mit einem
betont unschuldigen Lächeln: „Wie dem auch sei, Askese
und vornehme Zurückhaltung beim Sündigen sind zumindest keine Attribute unserer Auersbacher Heimat. Das
beste Beispiel hierfür folgt ja im nächsten Kapitel. Wäre
dieser Text ein Autofahrer, der bei einer Polizeikontrolle
blasen müsste, dann könnte er gleich für alle Ewigkeiten
seinen Lappen abgeben..."
„Ha - fahruntüchtige Literatur! Schöne Metapher. Dieser
Einfall hätte von Konny stammen können. Wahrscheinlich färbt sein Humor ab, wenn man sich so intensiv mit
der Lektüre seiner Aufzeichnungen beschäftigt, wie wir
es seit Jahren immer wieder tun. Aber gut. Genug davon.
Mache es dir bequem, meine liebe Marie-Claire; und lass
uns zurückkreisen in die heile Kneipenwelt des Jahres 1988.
Helmut Kohl war unser Bundeskanzler und Ronald Reagan
unser US-Präsident. Die NATO beschützte mit bedingungs-
loser Solidarität die freie Welt und in Keilers Tenne zechten
einige junge Kneipenbrüder und -schwestern munter vor
sich hin. Und während sie tranken, sonderten sie ganz
nebenbei die wohl hirnverbrannteste Konversation der
Literaturgeschichte ab, sofern man alle unveröffentlichten
Texte mit einbezieht."
„Sicher! Das ist jetzt, wenn ich mich richtig erinnere,
das sprachlich wüsteste Kapitel unserer ohnehin wüsten

Geschichte. Und wir beide sind mit von der Partie. Aber hier fällt Konnys Blick auch zum ersten Mal auf den alten Keiler. Den Dorfältesten. Der Mann, dessen verstaubte Erinnerungen die Brücke zu allen späteren Ereignissen bildete."

„Das stimmt leider", ergänzte der Unflat mit nachdenklicher Miene. „Wäre Konny an diesem Abend nicht auf den alten Keiler aufmerksam geworden, würde er vielleicht heute noch leben."

Der Unflat nahm den Stapel Papier wieder zur Hand und las weiter.

Kapitel 17

Gegen Elf waren alle besoffen

August 1988

Keilers Tenne, ein weitläufiges Fachwerkhaus mit angeschlossenem Saal, in dem unter anderem die Prunksitzungen zum Karneval stattfanden, befand sich seit der Gründungsweihe im Jahr 1875 in Familienführung.

Wir traten ein. Die Bude war recht voll und Dorfvolk jeden Alters lümmelte an der Theke, am Billiardtisch und an den seriösen Ecktischen der Alten herum. Zwei Rentnerinnen saßen zu unserer Linken am Tresen, um ihren Abendkaffee mit Schnapsanteil in die alten Organe zu kippen. Die beiden waren ordnungsgemäß herausgeputzt und strahlten mit ihren goldenen Ohrringen um die Wette. Die gereiften Damen sahen zufällig in unsere Richtung, was den Unflat sofort zu einem Kommentar animierte.

„Hallo, ihr süßen Zuckerschnecken! Wissen denn eure Eltern, dass ihr euch ganz alleine hier herumtreibt?"

Der Unflat hatte nach dem Betreten der Gastwirtschaft gerade einmal vier Sekunden gebraucht, um seinem Ruf gerecht zu werden. Respekt dem Teufelskerl! Mechthild und Hildegard lachten unterdessen fröhlich. Sie hatten Humor. Und außerdem einen im Tee.

Weiter hinten in der Ecke neben dem stillgelegten Kohleofen saßen drei Gymnasiastinnen, die ich eben noch in der heimatlichen Küche verabschiedet hatte.

Marie-Claire winkte uns, alle Arme schwenkend, zu ihrem Tisch. Bei ihnen saß der prüde Paul, der einzige von uns Tempelschändern, der als Messdiener die Sache wirklich ernst genommen hatte. Er nippte an seinem Malzbier und grüßte uns auf seine gutmütig verschlafene Art, während wir uns auf die gepolsterte Holzbank hinter dem Tisch warfen.

„Hey Paul! Wie sieht´s aus? Heute schon im stillen Kämmerlein die Nudel gerieben, bis die Freudentränen kamen? Mein alter Freund des trostlosen Zölibats?"

Nachdem er in aller Ruhe sein Glas abgestellt hatte, ergriff Paul, der einen klugen Kopf besaß (leider angefüllt mit allerlei religiösen Neurosen), das Wort:

„Mein lieber Max..."

„Ach, nenn mich doch einfach dreckiger, sackrattiger alter Hurenbock, das klingt irgendwie freundlicher..."

„Wie ich dich zu nennen beliebe, mein lieber Freund des groben Wortes, unterliegt einzig der Laune des in mir wohnenden moralischen Imperativs! Und, mein lieber Max, was meinen Stand als Junggesellen betrifft, sowie alle theoretischen und praktischen Implikationen dieser Lebensform, bin ich nur bedingt bereit eine öffentliche Diskussion mit einem Menschen zu führen, dessen Feingefühl man mit einem Mikroskop suchen müsste."

„Großer Gott, was für ein grandiose Antwort! Pauly, du bist zwar ein verklemmter Pupser, aber du bringst Sätze zustande, die wahrhaft göttlich klingen. Und dafür lieben dich die Götter und was noch viel wichtiger ist, deren unfätiger Boss, also ich."

Sprach´s, stand auf und drückte dem Paul einen Kuss auf die Schläfe. An dieser Stelle sei bemerkt: Der Unflat log nie!

Eine seltene psychosoziale Anomalie machte es ihm unmöglich eine Lüge zu formulieren. Die wohlmeinenden Psychiater, die ihn als Kind in Behandlung hatten, wollten ihn zwar heilen, aber der Unflat widersetzte sich dem Heilungsprozess und blieb somit bis zum heutigen Tage befreit vom zweifelhaften Glück der sozialen Lüge.

Davon abgesehen mochte ich Paul auch. Er war zwar spießig und zwanghaft, verfügte aber über einen schelmischen Humor und ein fleckenfreies, gutherziges Wesen.

Um eine drohende Durstattacke zu vermeiden bestellte ich über die Schulter eine Runde für uns alle, als der Wirt hinter meinem Rücken vorbei eilte. Aber der Keiler hatte eine durstige Kundschaft zu bedienen und war am Rande seiner Möglichkeiten. Daher war ich unsicher, ob er meine Bestellung vernommen hatte. Zurück hinter der Schankanlage nickte er jedoch einige Minuten später zielgenau in meine Richtung, gab mir mit dieser kleinen Geste zu verstehen, dass er meine Bestellung aus dem Augenwinkel aufgenommen und dieselbe bereits in Arbeit hätte. Noch ein Teufelskerl.

„Und, bist du jetzt noch Jungfrau oder nicht?"

Der Unflat hatte sich Marie-Claire zugewandt, die neben ihm saß.

„Pah!", rief meine kleine Schwester. „Und wie sieht es bei dir aus? Sollte mich doch sehr wundern, wenn dich mal eine rangelassen hätte."

Der Unflat lachte, wechselte dann aber blitzschnell zu einem melodramatischen Gesichtsausdruck, mit weit aufgerissenen Augen und nach unten gebogenem Fischmaul.

„Nun ja, wenn das so weiter geht, bin ich bald wieder Jungfrau... He, Konny, nach welcher Zeitspanne verlischt eigentlich der konkrete Wert einer durchgebumsten Defloration?"

„Also, wenn man es einerseits streng metaphysisch betrachtet, aber andererseits auch nicht allzu streng auslegt: nach sieben Tagen. Ja, sieben einsame Tage... Das könnte hinhauen... So grob über den Dödel geschätzt."

„Also dann, liebe Marie-Claire, gelte ich noch als entjungfert. Aber... es lässt stündlich nach..."

Alle lachten, selbst die schüchterne Nina, die ich zum ersten Mal in der Kneipe sah. Unsere Getränke kamen und eine neue Runde wurde sogleich geordert. Der Paul bestellte.

Während ich mir, den Blick friedvoll durch den Raum schweifen lassend, eine Zigarette anzündete, fiel mein Augenmerk auf die Eckbank am Ende der Theke. Hier saß der alte Wirt, Willibald Keiler, 88 Jahre hatte er auf seinem faltigen Buckel und dass seine Leber noch arbeitete, war ein Wunder der Natur. Er saß jeden Abend hier. Kam herein, belegte seinen Stammplatz und bestellte einen Schnaps. Diesen ließ er dann Stunde für Stunde unangetastet stehen. Blieb sitzen, schaute nach links, blickte nach rechts. Schwatzte ein wenig hier, gab einen Wortbeitrag dort. Dann, ganz zum Schluss seiner Sitzung, kippte er den Schnaps mit einem Male genussversunken hinunter und ging heim. Vermutlich war ihm, aufgrund altersbedingter körperlicher Unpässlichkeiten, die ungehemmte Einflößung von Hochprozentigem nicht mehr ohne heftige Kollateralschäden möglich. Also setzte sich der Senior an die Theke und ließ Stunde für Stunde den verlockenden Teufelstrank vor sich stehen. Stunde für Stunde in köstlicher Erwartung saß er da und freute sich auf den Augenblick, wo er den Schnaps auf der Zunge spüren durfte. Dann trank er endlich. Der Spaß war vorbei und er ging heim. Das Rentnerbett wartete. Aber mein eigentliches Interesse galt vielmehr dem unendlichen Datenspeicher im Schädel des alten Säufers. Annähernd 70 Jahre stand er hinterm Tresen. Rauchte, soff und vögelte, was das Zeug hielt. Und er war immer noch da und saß vor seinem Schnaps. Er wurde mir mit einem Male interessant durch die eventuelle Bekanntschaft mit meinem Großvater, Konrad Gerstenberg, dem früh verstorbenen Wehrmachtssoldaten, dessen Existenz mir nichts weiter als eine nebulöse Ahnung war. Ich beschloss, den alten Keiler umgehend zu befragen. In diesem Moment griff der alte Lustgreis jedoch blitzschnell nach seinem Glas und spülte mit selig geformtem Antlitz seinen Doppelkorn in den durstigen Rachen (der im Laufe der Jahre schon ganze Hektoliter desselben Getränks verschlungen haben mochte). Trank, stand auf, murmelte dem grauhaarigen Sohn hinter dem Tresen etwas zu und verschwand durch die Tür. Nun gut. Der saß jeden Tag an dieser Theke. Ich würde schon eine Gelegenheit finden, ihn ausführlich zu befragen.

Der Unflat klopfte plötzlich mit beiden Fäusten auf den Tisch und beendete jäh meine Überlegungen.

„Konny, wie wäre es mit einer Runde Dreieinhalb? Das haben wir schon ewig nicht mehr gespielt. Es wäre mal wieder an der Zeit, das versoffene Kneipen-Niveau nochmals zu senken. Bis unterkannte Teppichboden."

Marie-Claire klatschte in die Hände.

„Ja, bitte! Spielt das mal! Aber sauft vorher noch was. Je besoffener ihr seid, desto lustiger wird es."

Die beiden übrigen Tischgenossinnen schauten ratlos drein. Dreieinhalb war ihnen offensichtlich kein Begriff.

Dieses Spiel (eine Kreation aus dem Hause Konny & Unflat) beruht auf einfachen Regeln. Man bestimmt zunächst ein Phänomen des Alltags, sagen wir eine Vase, einen grünen Stuhl, eine Weinflasche oder ein mystisches Orakel namens Gwendolyn und erklärt dieses zum Ausgangspunkt einer frei zu erfindenden Geschichte.

Nun wird ein einleitender Erzähler bestimmt, welchem die Eröffnung einer Geschichte überlassen ist, die zum Zeitpunkt des Spielbeginns noch völlig unbekannt ist. Sobald nun in der Erzählung das Bindewort „und" auftaucht, ist es die Aufgabe des nächsten Spielers, die Geschichte weiterzuspinnen.

Das Spiel läuft dann über exakt zehn Etappen. Jene Person, auf die der letzte Erzählabschnitt fällt, steht nun in der Pflicht, die Geschichte innerhalb von zehn Sekunden abzuschließen. Allerdings ist hierbei eine goldene Regel zu beachten: Der letzte Satz – er hat unbedingt grammatikalisch und inhaltlich korrekt zu sein – muss das Wort „Dreieinhalb" beinhalten. Gelingt dieser kleine Kunstgriff dem Schlusserzähler, hat er gewonnen. Wenn nicht, ist er ein Loser und muss die nächste Runde geben.

Nach Unflats ursprünglicher Version war dem Verlierer entweder (und das war ernst gemeint) ins Gesicht zu spucken oder er musste mit dem Kopf in frische Kuhscheiße getunkt werden. Aber aus hygienischen Gründen und weil irgendwann niemand mehr mit uns spielen wollte, modifizierten wir die Regeln im Laufe der Zeit ein wenig.

Infolge weiblicher Zurückhaltung bei der ersten Runde waren der Unflat, Paul und meine Person als Spieler aufgestellt.

Es versprach eine interessante Partie zu werden. Die verbalen Gepflogenheiten meiner beiden Mitspieler waren denkbar konträr.

„Marie-Claire, bitte nenne uns irgendein stinknormales Phänomen des Alltags", rief, sich die Hände reibend, der Unflat.

„Bierfurz", sagte Marie-Claire. „Und ich bestimme, dass der Unflat anfängt."

Dieser verfiel kurz in eine angestrengte Mimik, klatschte dann in die Hände und rief: „Heiliger Hitler von Sankt Braunau! Auf in die Schlacht...!"

Ein paar ältere Herren, die am Nachbartisch Zigarren qualmend Skat spielten, schüttelten ungehalten die Köpfe. Sei es wegen des mangelnden Respekts vor den Opfern deutscher Geschichte oder sei es infolge des mangelnden Respekts vor dem geliebten Führer. Das konnte man bei diesen alten Qualmbrüdern nie so genau sagen.

Der Unflat eröffnete unterdessen das Dreieinhalb.

„Durch eine bizarre Verkettung unglücklicher Umstände kam es dazu, dass ich mich eines Tages, durch die bösen Absichten einer bösen Fee, in einen Bierfurz verwandelt sah. Als solcher schwebte ich einsam vor mich hin. Da wurde es mir eines Tages sehr langweilig und..."

Er zeigte auf mich. Ich saß links neben ihm, was mich zum Weitertreiben der Geschichte nötigte, denn Dreieinhalb spielt man immer reihum.

„...ich beschloss mir ein neues Hobby zuzulegen, welches meiner neuen Zustandsform angemessen schien. So erwuchs in mir der Wunsch, dem Bundestag beizutreten. Die Dame am Empfang der Bundestages, die irgendwie aussah wie Dr. Helmut Kohl, belehrte mich jedoch über die ungünstigen Perspektiven dieses Unterfangens, da ich doch frei gewählt werden müsse, was mir aufgrund meiner Unsichtbarkeit nur schwerlich gelingen dürfe. Während die Helmut-Kohl-Frau sprach, verzog sie taktlos das Gesicht oder genauer gesagt die Nase. Denn, wie sich jeder denken kann, war ich als alter Bierfurz ziemlich übel am Stinken..."

An dieser Stelle, der Alkohol hatte mich bereits albern gestimmt, konnte ich eine Lachattacke nicht unterbinden. Ich fing mich aber rasch wieder und fuhr fort.

„...ich vergaß also den Bundestag und..." Fingerzeig auf Paul. Alle Augen richteten sich auf ihn.

„Nun ja... ich... wendete mich dem Buddhismus zu. Dieser schien mir die ideale Religion für einen in sich ruhenden Bierfurz zu sein. Außerdem versprach die Karma-Lehre mir eine günstige Perspektive für meine künftigen Wiedergeburten. Schließlich war ich doch in diesem Leben völlig unschuldig zu einem Dasein als übelriechende Flatulenz verurteilt worden... Achtung, ich glaube jetzt gelingt mir ein Reim:

So würde ich es präferieren, voll Heiterkeit zu existieren, als hochdotierte Exzellenz, statt odorierte Flatulenz...

Ein Meisterwerk der Improvisationskunst! Den Applaus nehme ich später entgegen. Also weiter im Text...

Aber leider wurde ich ja in diesem Leben verhext von einer garstigen Fee, die darüber hinaus auch noch eine unflätige, unflätige, unflätige alte Schlampe war und..."

Es muss erwähnt werden, wie ausgesprochen sauber und anständig sich Paul für gewöhnlich äußerte. Kein Fluchen. Keine Verbalerotismen. Kein Zynismus. Paul war clean. Paul war heilig. Wenn er nun hier so eindeutig eine ordinäre Wortwahl gebrauchte, dann wohl nur, um vor dem

verbal grobmotorischen Unflat nicht kampflos zu unter-
liegen. Und ich glaube fast, dieser kleine Ausflug ins Tal der
groben Worte bereitete dem katholischen Paul einen hölli-
schen Spaß. Der Unflat lachte lauthals und war nun wieder
an der Reihe.

„...und außerdem ritt die alte Hexenschlampe den ganzen
Tag auf einem schwarzen Schimmel durch den Pi-Pa-Pim-
melwald im Ti-Ta-Tittental und...“
Von den fünf Nachbartischen schauten die Kneipenbesucher zu uns herüber. Abgesehen von ein paar gries-
grämigen alten Betonköpfen lachten die meisten beiläufig
mit, da sie einige Wortfetzen aufgefangen hatten oder aber,
weil sie durch das Lachen der anderen schlicht zum Mitlachen animiert wurden.
Es war nach diesem Ausflug in das Ti-Ta-Tittental nicht
ganz einfach, die Handlung sinnvoll fortzusetzen. Aber als
pflichtbewußter Mensch erfüllte ich natürlich treu meine
Aufgabe.

„...und gelangte zu der pragmatischen Einsicht, sie könne
sich doch mal wieder die Zähne putzen. Sie zauberte sich
also eine Zahnbürste, ein Waschbecken, einen Rowenta
Dentalcenter, sowie eine Tube Zahnpasta herbei und...“
Paul verschaffte sich etwas Zeit, indem er einen besonders großen Schluck aus seinem Malzbierglas nahm. Aber
kaum dass die Brühe unten war, knüpfte er keck an.

„...begann ihre Schuhe zu bürsten. Denn wie man sich die
Zähne putzte, hatte sie im Lauf der Jahre vergessen und...“
Der Unflat, nun wieder an der Reihe, war bereits deutlich
in alkoholische Stimmung gekommen, was seine unflätigen Neigungen im Allgemeinen und – wie sich zeigen
sollte – auch an diesem Abend noch um ein gewaltiges

Quantum steigerte. „...und nicht nur das. Die verfickte alte Sau kaute auch noch Tabak, wenn sie sich nicht gerade selber am Arsch leckte. Aber mehr noch: Diese feenhafte Zauberwaldnutte hatte sich, besoffen wie sie war, an der Universität Tübingen für Philosophie, Sozialpädagogik, sowie Bierfurz-Linguistik eingeschrieben. Um ihr Studium zu finanzieren, übernahm sie außerdem einen Hausmeister-Blowjob... Eines Tages öffnete sich in ihrer von wilden Sex-Orgien mit minderjährigen Oberstudienräten verwüsteten, stinkenden Bude ein abgefucktes Fickfenster und....“

Jetzt kam die siebente Etappe. Man musste bei Dreieinhalb schon aufmerksam mitzählen, sonst übersah man das Finale. Wer eine elfte Runde einleitete hatte ebenso verloren wie derjenige, der die zehnte Etappe nicht innerhalb von zehn Sekunden beenden konnte. Ich zählte immer mit den Fingern die Erzählerwechsel im Stillen mit.

Ich war nun dran und ich war in glänzender, trunkener Fabulierlaune.

„...schloss sich wieder. Denn es war nur ein Windhauch gewesen, der das Fenster – nennen wir es ruhig Fickfenster, auch wenn das keinerlei Sinn ergibt – mit einem leisen Säuseln geöffnet hatte. Die zugegebenermaßen reichlich verkommene Hexe beschloss daraufhin ihre Aufmerksamkeit Hegels philosophischem Hauptwerk „Phänomenologie des Geistes“ zu widmen. Ein Buch also, das sie schon als Kind sehr gerne gelesen hatte und...“

Paul grinste. Philosophische Floskeln waren ihm bestens vertraut. Er hatte sieben Semester Theologie studiert, bevor er im orthopädischen Schuhgeschäft seines Vaters eine Lehre begann.

„...und ebenso war sie eine Freundin der altkatholischen Fundamentallehre. Sie versuchte, dieser Neigung folgend, einer katholischen Bierfurz-Gemeinde beizutreten, welche sie aber aus 4100 guten, berechtigten, wohlbedachten Gründen nicht aufnehmen wollte und..."

„...so heiratete sie einen persischen Ölmilliardär, der zufällig und aus Gründen, die uns alle nichts angehen, als Feuerwehrmann verkleidet durch ein frivoles Fickfenster im 3. Stock geklettert kam und..."

Der Unflat machte es kurz, vermutlich weil er kein Bier mehr hatte oder aber weil er sich auf das Finale freute; der unbestreitbar spannendste Moment beim Dreieinhalb. Jetzt blickten alle zu mir. Bei seriösen Versuchen unser kleines Spiel zu bestreiten, konnte es bisweilen schwierig werden ein ordentliches Ende zu kreieren. Aber bei einer derart abstrusen Handlung, ohne Realitätsbezug, war keine allzu große Anstrengung nötig.

„...sie lebten glücklich und zufrieden bis an ihr Lebensende, welches aber schon dreieinhalb Monate später durch einen tragischen Autounfall eintrat. Ende. Aus. Vorhang."

Souverän gelöst. Runde gespart. In diesem Fall ist der vorletzte Erzähler der Verlierer, denn er hat es dem Finalisten offensichtlich zu leicht gemacht.

Danach spielten wir alle zusammen Dreieinhalb, wobei das Spiel mehrfach unterbrochen werden musste, weil meine kleine Schwester den ein oder anderen Lachanfall auszukichern hatte.

Gegen elf waren alle besoffen. Wir bezahlten unsere Bierdeckel und lieferten erst Melanie und dann die kleine Nina vor der jeweiligen elterlichen Haustüre ab. Wir übrigen schlenderten, einige deutsche Rockklassiker absingend, dem Baustoffhandel entgegen. Mein Auto ließ ich selbstverständlich stehen. Ab zwei Promille sollte man, wie ich finde, keinen Wagen mehr steuern. Das ist gefährlich und außerdem verboten. Unterwegs trennten wir uns dann von Unflat und Paul, wobei letzterer anbot, den obszön singenden Kneipenbruder nach Hause zu fahren. Meine Schwester war in unserem Elternhaus verschwunden. Mein Weg führte mich weiter in das kleine Häuschen meiner mütterlichen Großeltern.

Ich schlief bei Heimatbesuchen meistens dort. Zwar lag zwischen diesen Mauern immer noch etwas von dem Grauen, das mein Großvater Heinrich unausrottbar hinterlassen hatte, aber der Vorteil dieser Unterkunft lag schon immer in ihrer ruhigen Abgeschiedenheit. Nachdem ich das Bett im Gästezimmer frisch bezogen hatte, nahm ich meinen Kulturbeutel, um die Abendhygiene zu erledigen. Während ich mir nun die Zähne putzte, glitten meine Gedanken von meiner eigentlichen Mission und meinem Opa Konrad unwillkürlich zu der hübschen Unbekannten ab, die mir tags zuvor, als ich noch in der Stadt war, ein einladendes Lächeln zugeworfen hatte. Ich begegnete ihr beim Einkaufen... Trübsinnig wie Novemberregen und noch halb betrunken vom Vorabend stand ich an der Supermarktkasse, legte meinen Rucola, sowie Tomaten, Möhren, Paprika und Feldsalat, die fürs Abendessen gedacht waren und darüber hinaus noch eine Sechserpackung Bier, zwei Flaschen Rotwein und eine Schachtel Zigaretten, die zur Bewältigung einsamer Nachtstunden dienen sollten, aufs Laufband. Nachdem ich alles auf dem Band deponiert hatte, sah ich nach vorn und blickte direkt in dieses wunderbare Lächeln. Ich wiederum schaute verkaterter und unsicher sofort zur Seite, als hätte mich das liebe Wesen bei einer abscheulichen Schandtat ertappt. Eine klassische Säuferreaktion. Kurze Zeit später, nun meinerseits im Warenbecken kramend, sah ich sie durch die Ausgangstür verschwinden. Unterdessen sammelte ich meine Flaschen ein, die ich nun noch nötiger zur Bewältigung der einsamen Nachtstunden brauchte.

Kapitel 18

Einer stirbt.
Einer versucht es.

August 1988

Ich erwachte mit den ersten Sonnenstrahlen. Das frühe Licht fiel jäh durch die brüchige alte Jalousie in mein warmes Bett. Mit dem Licht drangen die Geräusche der Umgebung in mein Schlafzimmer; und da das gesamte Orchester des naheliegenden Waldes mich rief, stand ich auf und unternahm zur Ausnüchterung einen langen Spaziergang.

Es trieb mich weit hinein in den Wald; in das morgendlich strahlende, auf tausend Säulen ruhende Geschöpf. Bald schon hatte ich die Wulfskaute erreicht. Eine sagenumwobene Bauminsel inmitten des Waldes. Uralt und zehntausendfach verästelt standen dort gewaltige Eichen um einen einsamen Basaltbrocken gruppiert. Ich fühlte mich zu ihnen hingezogen und hatte Lust sie anzufassen. Ohne Zweifel war ich immer noch betrunken. Diese Anwandlungen von irrationaler Mystik befielen mich fast ausschließlich in betrunkenem Zustand.

Blieb ich längere Zeit ohne Rausch, stiegen zwar meine Möglichkeiten klar zu denken und motiviert zu handeln, aber gleichsam schien ich die Verbindung zu der Natürlichkeit des Lebens zu verlieren. Ein völlig unerklärlicher Daseinsekel umklammerte mich dann. Mal schwächer, mal stärker trieb er mich zu den seltsamsten Ufern. Einen absoluten Tiefpunkt erreichte diese Abwärtsbewegung, als ich in einer trüben Novembernacht in den Rhein sprang. Ich fühlte mich zu diesem Zeitpunkt so ekelerregend angepasst, zivilisiert und leer, dass mein ganzes Wesen den Abgrund suchte. So konnte und so sollte es nicht weitergehen. Nach einer endlosen Wanderung durch die von Menschen überquellende Stadt, in deren Gegenwart ich mich unendlich einsam fühlte, war mir klar: Dieses Umherirren war nichts anderes als die Flucht vor mir selbst, meinem hauseigenen Mörder, der die Pistole schon im Anschlag, den Finger schon am Abzug hatte und den abzuschütteln mir unmöglich war.

In diesem Zustand erreichte ich die große, in grauen Nebeln schwimmende Rheinbrücke, unter der das eisige Flusswasser still dahin trieb. Ich versuchte zu heulen, bekam aber keine Träne zustande, was meine Hoffnungslosigkeit und den unverrückbaren Ekel vor dem Dasein ins Grenzenlose steigerte.

Die unermessliche Traurigkeit, die in meiner Kehle steckte, schien mich zu erwürgen, zwang mich zum Handeln, um nicht durch das unerträgliche Leben selbst zu ersticken.

Mit einem Satz hatte ich, ausgestattet mit verzweifelter Gelenkigkeit, die Brüstung erklommen und stand aufrecht in der eisig schneidenden Nachtluft; stand an einen aufwärts strebenden Pfeiler gelehnt, nahm einen letzten Schluck aus der Flasche und ohne noch lange zu überlegen sprang ich ins Nichts.

Was an Gefühlen und Gedanken meinen einsamen Sturz eskortiert haben mochte, weiß ich nicht mehr zu sagen. Mein Bewusstsein war ausgeschaltet, vielleicht auch starr vor Gleichgültigkeit. Erst als ich in die grausige Kälte des fließenden Wassers tauchte, begann mein Inneres wieder zu arbeiten. Mit geschlossenen Augen sank ich, von der durchnässten Schwere meines Wintermantels gezogen, nach unten. Die völlige Lautlosigkeit unter der Oberfläche verabreichte mir für einen winzigen Augenblick ein Gefühl von Frieden. Doch dann setzte der tiefstechende Schmerz der Kälte ein und schien jede Nervenzelle meines Körpers bis in den letzten Winkel quälen zu wollen. Ohne dass ich hätte widerstehen können, setzte das Tier in mir seinen Überlebenskampf in Gang. Strampelte, ruderte – dem Stammhirn willenlos ausgeliefert – mit allen beweglichen Körperteilen; verdrängte das tödliche Nass beim Ringen nach Luft.

Mochte auch meine Seele bereit gewesen sein den Weg in die Tiefe zu nehmen, mein Körper (und somit das Tier in mir) wollte ums Verrecken leben.

Japsend durchbrachen wir die Oberfläche, sogen Sauerstoff in unsere brennende Lunge und bewegten uns brustschwimmend und bibbernd auf das Ufer zu.

Als ich die Böschung hinauf kletterte, war mir so entsetzlich kalt, dass ich dachte ich müsse sterben. Ein glücklicher Zufall ließ den Elfer, meinen altgedienten Heimbringer, an der nahe gelegenen Bushaltestelle auftauchen. Bis auf die Haut durchnässt, die Haare im Gesicht klebend und kleine Pfützen unter mir bildend, löste ich beim Fahrer ein Ticket. Er betrachtete mich argwöhnisch, sagte jedoch kein einziges Wort über meine triefende Erscheinung. Vermutlich fürchtete er sich vor der Auseinandersetzung mit einem offensichtlich Geisteskranken. Zitternd ließ ich mich auf eine Sitzbank fallen. Ein paar angetrunkene Jugendliche machten Späße auf meine Kosten, riefen mir

Fragen zu und lachten über die bizarre Gestalt, die soeben zugestiegen war. Da ich aber keine Antwort gab, nicht im Geringsten auf ihre Bemerkungen reagierte, gaben sie schließlich Ruhe. Eine halbe Stunde später stand ich unter der heißen Dusche. Eine ganze Ewigkeit lang. Am nächsten Morgen erwachte ich mit albtraumhaftem Schrecken. Der Gedanke an den fast geglückten Versuch mein Leben wegzuwerfen, trieb mich wieder unter die heiße Dusche. Danach verlebte ich einige schreckliche Tage.

Kapitel 19

Alles fließt

August 2018

„Als ich dieses Kapitel zum ersten Mal las, nachdem der Umbau unverhofft das Manuskript freigelegt hatte, musste ich weinen. Für mich war Konny immer der große, starke Bruder gewesen. Der ewig lachende, mich tröstende, mich beschützende große Kumpel. Als er ermordet wurde, starb für mich ein Held. Nie. Niemals. Wirklich niemals wäre mir der Gedanke gekommen, dass mein Held an Depressionen hätte leiden können. Konny und ein Selbstmordversuch? Undenkbar! Es war ein Schock für mich diese Seiten zu lesen. Dieser dunkle Teil seiner Person war mir völlig fremd."

Der Unflat zündete sich eine weitere Zigarette an und wartete eine Weile, bevor er das Wort ergriff. Er wollte Marie-Claire ausreden lassen. Ihren Gedanken die nötige Zeit gewähren. Aus ihrer Gedankenwelt, aus ihren Erinnerungen und Überlegungen, lernte auch er immer wieder neues über seinen alten Freund. Selbst nach all den Jahren. Nachdem Marie-Claire mehr als eine Minute geschwiegen hatte, formulierte Max eine Antwort, die bereits vollständig in ihm gereift war und seit vielen Jahren als Trost für den unbeschreiblichen Verlust auf Vorrat lag.

„Ich denke, jede halbwegs intakte Seele verzweifelt bisweilen an der Welt. Einige sind natürlich besonders sensibel für die Abgründe und die scheinbare Sinnlosigkeit der menschlichen Existenz. Nur vollkommene Trottel können wirklich lückenlos glücklich sein... Letztlich sind aber immer die Begleitumstände entscheidend. Nicht ohne Grund erzählt er kurz vor seinem Sprung in den Rhein von diesem Mädchen im Supermarkt. Vermutlich fühlte er sich zu dieser Zeit schlichtweg einsam und seine Einsamkeit machte ihm zu schaffen. Diese Düsternis, die sich in seiner Seele ausbreitete, befiel ihn aber – meiner Meinung nach – nur in der Stadt. Dort fühlte er sich fremd. Er kam damit irgendwie nicht zurecht. Selbst mir, seinem besten Freund, hat er nie über seinen Selbstmordversuch erzählt."

Der Unflat hielt kurz nachdenklich inne.

„Wir dürfen allerdings eines nicht vergessen: Diese Geschichte könnte auch erfunden sein. Oder Konny fasste sie zumindest stark überdramatisiert in Worte. Ich vertraue dem Wahrheitsgehalt dieser Episode soweit, dass Konny wirklich auf der Rheinbrücke stand. Vielleicht wirklich halb erstickt vor Traurigkeit. Möglicherweise wirklich mit dem Gedanken spielend, zu springen. Aber betrachten wir diese Angelegenheit einmal ganz sachlich. Wenn jemand im November, ohne einen Neopren-Anzug zu tragen, in den eiskalten Rhein springt und sich dort mehrere Minuten aufhält... Bitte, ein Herzstillstand wäre praktisch unvermeidbar. Selbst bei einem robusten Country Boy, wie unserem Konny."

Marie-Claire nickte zwar, ihr skeptischer Blick verriet jedoch Zweifel gegenüber dieser Argumentation.

„Es kann natürlich sein, dass du recht hast. Ebenso gut könnte diese Geschichte aber auch den Tatsachen entsprechen. Für mich ist allerdings nur eines entscheidend: Konny war bisweilen todtraurig. Traurig bis in die Sphären kältester Suizidgedanken. Und ich habe nicht das Geringste davon geahnt. Das nagt bis heute an mir."

Da die Melancholie des Augenblicks die eben noch angenehm betrunkene, sentimentale nächtliche Geburtstagsfeier zu beschädigen drohte, wechselte der Unflat eilig das Thema.

„Genug der Traurigkeit! Den allergrößten Teil seiner Lebenszeit war Konny – und ich sehe mich berufen, hierzu ein Urteil abgeben zu dürfen – heiter, wahnsinnig lustig und ausgesprochen lebensfroh."

„Okay, mein lieber Unflat. Und in genau diesem Sinne wollen wir nun fortfahren. Jetzt folgt, wenn ich mich recht entsinne, die Lektion: Weltbekannte Weltgeschichte unter Beteiligung der hintersten Provinz. Der alte Keiler. Nicht wahr?"

„Richtig!"

Max warf seinen aufgerauchten Zigarettenstummel in einem hohen Bogen in die Dunkelheit und nahm das Manuskript wieder zur Hand.

Kapitel 20

Der alte Keiler

August 1988

Als ich den Parkplatz des Seniorenheims erreichte, sah ich im Eingangsbereich einen Leichenwagen stehen. Mein erster, argloser Gedanke war: *Schau an, der Herr Bestatter. Der einzige Gast, der regelmäßig und gerne das Altenheim besucht.*

Der zweite jedoch war beängstigend.

Nein, das wird doch nicht...

Ich rannte zur Rezeption. Dort saß die resolute Altenpflegerin vom Vortag über einen Stapel Formulare gebeugt.

„Ich möchte zu Herrn Roßbacher!", stieß ich hervor. Sie ließ von ihren Dokumenten ab und schaute mich traurig an. Herzversagen.

„Nicht unüblich in diesem Alter", meinte die Pflegerin.

Verdammt! Er war dahin gegangen und mit ihm die kostbaren Lebenserinnerungen an eine vergangene Epoche. Es galt nun keine Zeit mehr zu verlieren. Ein anderer Zeitzeuge war noch da. Der musste nun reden. Diesmal war ich der ungebetene Klingler an fremder Pforte. Diesmal musste ich dreimal den Knopf drücken, bevor sich endlich die Tür öffnete.

„Konrad? Konny Gerstenberg? Was für eine Überraschung!"

„Hallo Willi, lange nicht gesehen, was? Darf ich kurz reinkommen? Ich habe einige Fragen, die meinen Opa betreffen."

Schon in meinen frühesten Kindheitserinnerungen greift der alte Keiler nach Raum. Ist mir deutlich vor Augen.

Schon damals ein Greis. Ein ewig fideler, lustiger Knacker. Einer der zugreifen konnte. Griff nach dem Schnaps, griff nach dem Tabak, griff nach Wein und Weib, griff stets nach allem, was seinem Leben Freude brachte.

Vater nahm mich und meinen Bruder Theo all die Sonntage nach der Kirche zum Frühschoppen in die Kneipe mit. Der Gottesdienst war dabei nur ein billiger Vorwand, um das anschließende Besäufnis zu legitimieren. Die Männer spielten Karten und wir Kinder tollten zwischen den Rauchschwaden der dicken Zigarren herum, klauten uns die Filter der aufgerauchten Zigaretten und imitierten die Laster der Erwachsenen. In meiner Dorfjugendzeit stand der alte Keiler sogar noch persönlich hinterm Tresen.

Seine Privatwohnung hatte ich allerdings noch nie betreten. Hier sah es naturgemäß etwas museal aus. Fachwerkbalken strebten durch die Wände, davor schwarze Vitrinen und Kommoden. Abgewetzte dunkle Teppiche lagen auf dem Boden, so nikotingetränkt wie alle anderen Gegenstände in diesem Haus. Wir gingen ins Wohnzimmer und nahmen in alten Lehnsesseln Platz. Die Ausdünstungen von tausend Zigarren und typischer, leicht urinöser Altmännergeruch drangen aus den Möbeln, den Wänden und der fast gelben Decke des Raums.

Mein Gastgeber goss mir ungefragt einen üppigen Korn in ein uraltes, dickwandiges Schnapsglas. Noch während er dies tat, gab ich den Inhalt meines Gesprächs mit dem alten Roßbacher wieder. Anschließend fragte ich den ehemaligen Wirt, ob er zu diesem Thema etwas aus seiner weitreichenden Erinnerung beitragen könne.

Erst schwieg er eine kurze Zeit, aber dann begann er mit seiner alten verrauchten Stimme, die wie ein Fetzen

Schmirgelpapier klang, eine erstaunliche Erzählung.

„Ja, ich kann dir dazu einiges erzählen. Ich muss dir aber zunächst eine Vorgeschichte schildern, damit du verstehst, warum dein Opa mir etwas anvertraute, was er ansonsten aus guten Gründen für sich behielt.

Ich war wild und rebellisch, als ich jung war. Rannte grundsätzlich mit dem Kopf gegen jede Wand. Und da ich unglücklicherweise zwölf Jahre meines Lebens in der Zeit des Nationalsozialismus verbrachte, waren Probleme unvermeidlich. Einmal beleidigte ich abends auf der Kirmes im Suff zwei Leute von der SS. Glaub mir, ich war nicht besonders politisch. Ich war einfach nur widerborstig und mochte keinen Gleichschritt. Ich verachtete Gruppenveranstaltungen und hohle Parteireden. Irgendwann holten sie mich ab, verhörten mich und... nun ja. Ohne Zweifel hätten sie mich, weil ich manchmal lauthals sagte, was ich dachte, verschwinden lassen. Aber als Mitglied einer der ältesten Familien des Ortes und Sohn des allseits beliebten Kneipenwirts, konnten mich die hiesigen Parteifreunde nicht so einfach von der Platte putzen – und ich sage dir, nur unsere provinzielle Abgeschiedenheit hat mich gerettet.

Aber ich wurde, daraus machte man keinen Hehl, unter Beobachtung gestellt. Bis zum Kriegsende verhielt ich mich dann auch einigermaßen ruhig. Dennoch waren jedem meine Einstellung und meine stille Verachtung gegenüber den politischen Verhältnissen bekannt. Als stummer Mitläufer kam ich mit heiler Haut davon, aber ich war kein Held. Wahrlich nicht. Deinen Opa und auch Simon Epstein kannte ich gut. Sie waren ja beide in unserem Schachklub. Im Sommer 1943 kam die SA in unser

Dorf und hat alle Juden zusammengetrieben und weggebracht. Danach habe ich Simon Epstein nie wieder gesehen. Natürlich dachte ich, dass man ihn ebenfalls verschleppt hätte. Aber dann erzählte mir dein Opa auf seinem letzten Heimaturlaub, kurz bevor er an die Front musste, etwas anderes.

Es war ein später verregneter Sonntagabend. Ich weiß es noch so genau, weil es der Abend war, an dem ich fünf meiner Freunde zum letzten Mal gesehen habe. Konrad saß als letzter Gast am Tresen und war schon ziemlich betrunken. Da wir alleine waren, sprachen wir ungehemmt über die Verhältnisse. Dein Opa war mir ja als heimlicher Kommunist bekannt. Ich erwähnte irgendwann den Simon und was für ein Jammer es sei, dass man ihn geschnappt hatte und dass er vielleicht schon tot wäre. Aber dein Opa meinte, der Simon sei entkommen und dann erzählte er mir diese unglaubliche Geschichte.

Simon Epstein hatte sich nämlich versteckt, als man die anderen deportierte. Und weil er irgendwie gehört hatte, dass sein bester Freund, der einzige, der ihm noch helfen konnte, in Frankfurt Dienst tat, schlug er sich bis in die Stadt durch. Irgendwie schaffte er es dann mit Konrad in Kontakt zu treten.“

Der kleine Junge mit dem Zettel in der Hand. Danach haben sie sich getroffen und vermutlich einen sicheren Treffpunkt für einen späteren Zeitpunkt vereinbart. Die Geschichten des alten Roßbachers und des noch älteren Keilers griffen allmählich ineinander.

Ich sah den runzeligen Teufelskerl ungläubig an, wobei eine bestimmte Frage nach Aufklärung verlangte: Wie war es dem alten Keiler möglich, sich derart genau an ein

Gespräch zu erinnern, das mehr als vier Jahrzehnte zurück lag. Sicher, er war noch heute der Ehrenpräsident unseres Schachklubs, wenngleich er kaum noch spielte. Aber eine derartige geistige Alterspotenz ist selbst für einen Schachspieler ungewöhnlich. Als hätte er diese berechtigte Frage von meinen Stirnfalten abgelesen, fuhr der alte Mann fort.

„Du fragst dich sicher, wie zum Henker der olle Keiler, der steinalte Suffkopp, sich an all diesen uralten Kram noch erinnern kann, was? Für dich als Schachspieler muss sich diese Frage doch logischerweise stellen. Bist ja sehr gut gewesen, eine Zeit lang.

Also, die Sache ist die: Früher, genauer gesagt von 1928 bis 1964, habe ich Tagebuch geführt. Ich glaube es sind weit über 1000 beschriebene Seiten.“

Er zeigte auf den großen Bücherschrank zu seiner Rechten, der fast die ganze Wand einnahm. Der Keiler war ein fleißiger Leser gewesen in seinem langen Leben. Sein Zeigefinger wies jedoch auf eine Bücherreihe in der oberen Hälfte des Regals. Die Bände waren allesamt in schwarzes Leder gebunden. Es mochten um die zwanzig Exemplare sein.

„Prägnante Dinge habe ich mir bis ins Detail notiert. Seit ich nicht mehr hinter dem Tresen stehe, lese ich fast täglich meine alten Tagebücher. Eigentlich lese ich gar nichts anderes mehr. Was könnte denn auch spannender sein, als der Roman des eigenen Lebens. Ich rate dir, Junge, führe Tagebuch!

Aus diesem Grunde kann ich mich auch heute wieder an Dinge erinnern, die ich über Jahrzehnte vergessen hatte. Die außergewöhnlichen Ereignisse habe ich natürlich besonders oft gelesen, aber die Geschichte deines Opas, des lieben alten Konrad, ist die interessanteste von allen."

Der alte Keiler blies etwas Rauch aus; die dünnen Schwaden umwoben seine verwitterten Züge und verwandelten ihn fast in eine mystische Figur, wie er da im Nebel seiner verwelkenden Restexistenz vor mir saß.

„Dein Opa war für irgendwelche Kurierfahrten abkommandiert worden, die in die Schweiz gingen. Diese Transporte unterstanden dem Dicken, also Hermann Göring, persönlich. Daher wurden sie nicht kontrolliert. Ideal also, dachte sich dein Großvater, um einen verfolgten Juden in die Schweiz zu schmuggeln. Er musste nur der letzte sein, der den LKW verschloss und in der Schweiz der erste, der ihn wieder öffnete, um den blinden Passagier zu entlassen. Natürlich durfte sein Vorgesetzter nichts von Sache mitbekommen, sonst wäre es für beide aus gewesen.

Aber mit diesem Vorgesetzten stimmte irgendetwas nicht. Den Namen habe ich mir gut merken können, wegen der Stadt im Osten, die genauso heißt. Friedhelm von Görlitz war der Name des Mannes. Er war nur wenig älter als dein Großvater, hatte sich aber schon seine Manschetten verdient und war scheinbar ein Liebling Hermann Görings. Konrad hat mir viel über ihn erzählt. Er sprach sehr abschätzig über seinen Vorgesetzten, aber ich glaube, er bewunderte ihn auch.

Folgendes geschah etwa zwei Wochen, bevor Konrad zum letzten Mal bei mir am Tresen saß: Von Frankfurt aus fand ein Transport nach Zürich statt. Konrad steuerte einen LKW, der bis unter die Dachplane mit Kunstwerken gefüllt war. Dieser wurde von zwei bewaffneten Kradfahrern eskortiert. Den fetten Roßbacher brauchte man bei dieser Fahrt nicht, was ihm vermutlich das Leben gerettet hat.

Aber sein kleiner Bruder Eugen, den ich sehr mochte, gehörte leider der Eskorte an. Im Nachhinein habe ich mir Gedanken darüber gemacht, wer in diesen Zeiten so tollkühn gewesen sein konnte einen bewaffneten Wehrmachtstransport zu überfallen.

Normale Räuber gab es nicht mehr, es waren ja fast alle erwachsenen Männer im Krieg. Eigentlich kommt nur eine hochstehende politische Kraft des NS-Regimes für den Überfall in Frage. Aber vielleicht handelte es sich bei den Angreifern auch um ein besonders waghalsiges Kommando aus dem Ausland. Wer weiß? Letztlich habe ich natürlich keine Ahnung, wer dahinter steckte.

Was auch immer an diesem Abend transportiert wurde, es muss von enormer Brisanz gewesen sein. Dein Großvater erzählte mir, von Görlitz wäre schon bei seiner Ankunft in Frankfurt ziemlich nervös gewesen. Auch die ganze Fahrt über rauchte er eine Zigarette nach der anderen und war so fiebrig, als wäre der Teufel persönlich hinter ihm her.

Als der LKW spät in der Nacht fast schon die schweizerische Grenze erreicht hatte, versperrten plötzlich umgestürzte Bäume die Fahrbahn. Dein Großvater dachte zunächst an einen Sturmschaden, aber von Görlitz, der neben ihm im Führerhaus saß, zog seine Pistole und schrie Konrad an, er solle sofort den Lastwagen wenden. In diesem Augenblick wurde aus dem Dunkeln heraus das Feuer eröffnet. Die Wehrmachtsoldaten sprangen von ihren Motorrädern und schossen ins Ungewisse zurück. Allerdings befanden sie sich im Lichtschein ihrer eigenen Fahrzeuge und wurden von den unsichtbaren Angreifern gnadenlos niedergemacht. Dein Opa und von Görlitz sprangen aus dem Wageninneren heraus und retteten sich in den Straßengraben, wobei von

Görlitz durch einige Kugeln schwer verletzt wurde.

Es dauerte eine Weile, bis sich drei Gestalten, die Waffen im Anschlag, dem LKW näherten. Der in den Graben gesprungene Fahrzeugführer war ihnen nicht entgangen und wurde nun zur Aufgabe gefordert. Dein Großvater hätte diesen Abend sicher nicht überlebt, wenn nicht einer der beiden Wehrmachtsoldaten, der Eugen soll es gewesen sein, mit letzter Kraft seine Maschinenpistole in Richtung der drei Fremden gerichtet und sie mit einer einzigen Salve niedergeschossen hätte.

Nachdem sich nichts mehr rührte sprang dein Opa auf und lief zum Heck des LKW, um nach seinem Freund Simon zu sehen. Aber den blinden Passagier hatten unglücklicherweise einige Querschläger erwischt. Zwei Kugeln steckten in seinem Oberkörper. Konrad verfrachtete zunächst ihn und anschließend auch Friedhelm von Görlitz ins Führerhaus des Lastwagens. So schnell wie möglich fuhr Konrad in die nächste Stadt und brachte die Verletzten in ein Spital. Noch vor der ersten Notversorgung zog von Görlitz deinen Opa zur Seite und sprach voller Panik davon, dass „sie" bald wiederkämen. Und dass der Inhalt des Koffers, er sprach von dem Metallbehälter, den er die gesamte Zeit über nicht aus den Händen gelassen hatte, dass eben dieser Koffer sofort in die Schweiz gelangen müsse.

Zitternd und blutend stellte er für Konrad einen Passierschein aus, der von Hermann Göring blanko vorgezeichnet war. Ein Vertrauensvorschuss des Generalreichsfeldmarschalls, der wohl rein zweckmäßig die krummen Touren beim Kunstraub erleichtern sollte.

Dein Großvater erkannte, dass hier etwas Großes auf dem

Spiel stand und so presste er seinem Vorgesetzten eine Bedingung ab. Friedhelm von Görlitz solle sich bereit erklären, dem illegal mitreisenden Juden Simon Epstein sichere Verwahrung in diesem Spital, sowie im Anschluss die Ausreise in ein sicheres Land zu gewähren.

Friedhelm von Görlitz gab daraufhin sein Ehrenwort, alles in seiner Macht stehende zu tun, um Epsteins Leben zu retten. Ein Ehrenwort war damals bindend, Konny. Das könnt ihr euch heute nicht mehr vorstellen, aber damals es war so."

Der alte Keiler unterbrach kurz seine Erzählung, um sich eine neue Zigarre anzuzünden. Dann sprach er weiter.

„Ein Ehrenwort war also bindend. Auch ohne Advokat und Vertragspapier. Nun, dein Opa fuhr nach dieser Abmachung nach Zürich, in jenes Bankhaus, das von Görlitz ihm empfohlen hatte.

Er deponierte den Inhalt des Koffers in einem Schließfach, für dessen Inanspruchnahme er von seinem Vorgesetzten einen Umschlag mit Schweizer Franken erhalten hatte. Nach der Erfüllung seines Auftrags fuhr er zurück ins Reich. Obwohl dergleichen, die eigenmächtige Benutzung eines Militärfahrzeuges, streng verboten war, wollte er umgehend seine verwundeten Reisegefährten besuchen. Allerdings waren sie verschwunden.

Nachdem sich der Zustand der beiden Patienten zunehmend verschlechtert hatte, verlegte man sie kurzerhand nach Berlin. Es war Krieg, daher konnte Konrad natürlich nicht auf eigene Faust in die Reichshauptstadt fahren. Er musste zurück zu seinem Stützpunkt in Frankfurt. Dort wartete bereits die nächste unangenehme Überraschung auf ihn. Er wurde drei Tage lang über dem Vorfall verhört. Den Metallkoffer und seinen kleinen Ausflug in die Schweiz verschwieg Konrad allerdings. Das war ein Teil seiner Abmachung mit dem Baron gewesen.

Aber ansonsten hatte er sich nichts vorzuwerfen und er beteuerte immer wieder, selbst vor einem Rätsel zu stehen, was diesen seltsamen Überfall betraf. Vermutlich glaubte man ihm, denn er wurde nicht vor Gericht gestellt. Allerdings wurde er von seinem alten Posten abgezogen und an die Ostfront verlegt.

Davor gewährte man ihm noch zwei Tage Heimaturlaub. Diese nutzte er einerseits, um deine Oma zu schwängern und andererseits, um mir diese Geschichte zu erzählen."

„Donnerwetter!", rief ich begeistert.

„Ich bin beeindruckt. Ich habe mehr erfahren, als ich erhoffen konnte... Und wie ging es dann weiter?"

Der erstaunliche Greis tippte etwas Brandrückstand von seiner Zigarre in den Aschenbecher, nahm dann einen tiefen Zug und sprach weiter.

„Ich habe keine Ahnung. Dein Opa musste an die Ostfront. Vermutlich versuchte er von dort aus Kontakt zu Simon Epstein und Friedhelm von Görlitz aufzunehmen. Und mehr weiß ich leider nicht zu sagen."

In diesem Augenblick kam mir ein Satz aus der Feldpost meines Großvaters in den Sinn.

„Mir fällt da gerade etwas ein. Gab es mal eine Frau namens Gerda, die in irgendeiner Beziehung zu Simon Epstein stand?"

Der unablässig rauchende Keiler spie heiter eine Qualmwolke aus.

„Natürlich! Ein echtes Original, die alte Gerda. Eine Frau, deren Wort Gewicht hatte. Die alte Gerda wohnte in dem

Haus gleich neben den Epsteins und war eine Freundin der Familie. Zwölf Leute waren es gewesen, die jüngste gerade einmal acht Jahre alt..."

Der alte Mann nahm noch einen Zug von seiner Zigarre und blickte einen Moment lang auf die Flasche Korn. Dann goss er sich einen Schnaps ein. Bisher hatte er nur mir einen angeboten. Er kippte das Gebräu hinunter, verzog kurz das Gesicht zu einer Grimasse und fuhr dann fort.

„Nach dem Krieg hielt ich meine Ohren offen und verfolgte aufmerksam die Zeitungsmeldungen. Ich schrieb sogar einige Kriegskameraden von deinem Opa an. Aber niemand konnte mir etwas über den Verbleib von Simon Epstein erzählen. Über Friedhelm von Görlitz konnte ich auch nichts in Erfahrung bringen. Er verschwand wohl in den Wirren des Krieges. Irgendwann war die Angelegenheit für mich nur noch eine blasse Erinnerung und schließlich habe ich sie ganz vergessen. Bis ich vor ein paar Jahren das Zapfen und Schlucken an den Nagel hängte und anfing meine alten Tagebücher zu lesen. Dabei bin ich wieder auf diese unglaubliche Geschichte gestoßen und hielt sie dann für noch abwegiger als damals schon. Ich dachte, Konrad hätte mir vielleicht im Suff einen Bären aufgebunden. Aber nachdem was du mir eben über die Feldpostkarte und den Passierschein erzählt hast, weiß ich endgültig, dass die Geschichte wahr sein muss. Unglaublich, aber wahr."

Ich hörte ihm fasziniert zu. Jeder Satz, den er mit seiner alten Schmirgelpapierstimme formulierte, befeuerte meine Phantasie und warf neue Fragen auf.

Dann fiel mir ein, dass er meine letzte Frage noch nicht ganz beantwortet hatte und ich hakte nach.

„Wann starb denn diese alte Gerda überhaupt? Ich darf doch wohl annehmen, dass sie bereits den Löffel abgegeben hat."

Der alte Keiler pustete eine weitere Wolke aus.

„Und ob, den gab sie… lass mich überlegen… das war im Jahr der WM 66… Ja, den gab sie 1966 ab. Und da war sie schon steinalt. Weit über neunzig."

Der alte Keiler blickte gedankenschwer auf das dickwandige leere Gläschen und meinte schließlich:

„Aber nun musst du mich bitte entschuldigen. Mein Mittagsschlaf ist fällig. Den brauche ich. Bin ja kein junges Küken mehr."

„Klar Willi! Danke für diese gigantische Geschichte. Du hast mir ungemein weitergeholfen. Übrigens, heute kommt dieser junge Typ aus Amerika, von dem ich dir erzählt habe. Josh Epstein. Auch er hat bestimmt eine Menge Fragen zu diesem Thema; vor allem wenn er erfährt, dass du seinen Großvater kanntest. Wenn es dir recht ist, mein lieber Willi, dann besuchen wir dich morgen Nachmittag."

„Gerne. Kommt morgen um drei. Zum Nachmittagsschnaps."

Inmitten einer Wolke blanker Euphorie schwebte ich aus der Haustür des alten Keilers. Nie hätte ich erwartet, diesem alten Volksempfänger eine derartige Geschichte zu entlocken.

Doch dann riss mich plötzlich die stille Inszenierung auf der gegenüberliegenden Straßenseite aus meinen Gedanken. Die weiße Mercedes Limousine. Schon wieder. Das konnte kein Zufall sein. Willibald Keiler lebte im hinterletzten Eck unseres Dorfes. Direkt am Waldesrand vor den Ausläufern der Berge. Hier parkte niemand zufällig. Dann wurde der

Wagen gestartet und fuhr eilig vom Bürgersteig auf die Straße. Ich rannte durch den Vorgarten auf die Fahrbahn. Der Wagen befand sich nun direkt vor mir. Unglücklicherweise brach sich das Sonnenlicht auf den mir zugewandten Scheiben. Die Reflexe machten es mir unmöglich einen Blick ins Wageninnere zu werfen. Ich rannte schneller, zumindest das Nummernschild wollte ich mir merken. Doch gerade in dem Moment, als ich die richtige Position erreichte, um einen Blick auf das Heck des Wagens zu werfen, fuhr ein Transporter der Schilderfabrik Meyer Design aus einer Seitenstraße hinter den Mercedes und versperrte mir die Sicht. Danach konnte ich gerade noch sehen, wie der Wagen hinter einer steilen Kurve verschwand.

Was zum Teufel hatte das zu bedeuten? War etwa Gefahr im Verzug? Wurde ich beschattet? Oder war es vielleicht doch nur ein bedeutungsloser Zufall? Ich beschloss diese Angelegenheit umgehend mit dem Unflat zu besprechen. Der wusste immer Rat. Und wenn nicht, konnte man sich zumindest majestätisch mit ihm betrinken.

Kapitel 21
Wilde Pferde

August 1988

Ich steuerte meinen Wagen über die Landstraße. Dunkle Wolkengebirge, lila bis tiefgrau, türmten sich hinter dem Horizont auf. Es würde bald gewittern, aber noch verlieh die untergehende Abendsonne, irgendwo hinter den Wolken glühend, der gesamten Kulisse eine dramatisch leuchtende, goldene Silhouette.

Während ich immer wieder ehrfürchtig zu diesem grandiosen Gemälde aufblickte, bog ich von der Straße ab und folgte dem kleinen Schotterweg, der zum Haus meines unflätigen Freundes führte. Unflats Leidenschaft gehörte seinem Heim, einem Holzhaus mit großer Veranda. Nie fuhr er in Urlaub oder ging anderen Reisetätigkeiten nach. Lieber baute er an oder um oder auf. Sein Domizil veränderte stets seine Gestalt, als wäre es ein lebendiges Wesen, ein ständig wachsendes Geschöpf (aus dem – nebenbei bemerkt – unablässig laute Musik drang).

Auf dem Gymnasium beschlossen der Unflat und ich, dass es unsere Bestimmung sei Rockgeschichte zu schreiben. Eine Band wollten wir gründen, mindestens so bedeutend wie Cream, die Beatles oder die Stones. Darunter wollten wir es – selbstverständlich – nicht machen. Doch schon bei der Namensgebung kam es, wie bei allen Giganten des Rock 'n' Roll, zu Unstimmigkeiten. Der Unflat wollte uns „Die singenden Sackratten" nennen. Ein Name, der mir wiederum zu provinziell klang, gerade mit Blick auf die künftige Vermarktung unserer künstlerischen Produktionen. Insbesondere schien es mir wichtig, den Fokus auf den anglo-amerikanischen, sowie den expandierenden asiatischen Markt zu richten. Daher hielt ich einen Bandnamen in englischer Sprache für unverzichtbar.

„The Dancing Dreams" erschien mir in das globale Marketing der Unterhaltungsindustrie geschmeidig integrierbar. Der Unflat nannte mich daraufhin einen geierhaften Kapitalisten. Das ließ ich mir nicht gefallen und nannte ihn einen kapitalistischen Geier. Wir drehten uns also ein wenig im Kreis, einigten uns aber letztlich auf einen rockigen Kompromiss. Und so nannten wir uns fortan „The Dancing Sack Rats".

Unser erster und einziger Gig fand in der Mehrzweckhalle Hattenroth statt. Hierbei offenbarten sich jedoch drei schwerwiegende Problemkonstellationen, die unserem unsterblichen Ruhm vorzeitig das Licht ausblasen sollten.

1. Unser Schlagzeuger Emil war an dem besagten Abend derart betrunken, dass wir ihn selbst mit einer Adrenalinspritze in den Herzmuskel nicht wieder auf Vordermann hätten bringen können. Offenbar hatte er ein schwerwiegenderes Alkoholproblem, als wir dachten.

2. Unser Sänger Achim bestieg zwar rechtzeitig und nüchtern seinen Opel, um pünktlich zu den Vorbereitungen einzutreffen. Bedauerlicherweise verwechselte er jedoch Hattenroth an der Widde (da waren wir) mit Hattenroth an der Wibbe. Infolgedessen folgte er seiner Landkarte 420 Kilometer in irgendein Kuhkaff, das noch nicht einmal

eine Mehrzweckhalle besaß. Offenbar war unser Sänger Achim noch dümmer, als wir insgeheim befürchtet hatten.

3. Der Unflat vergaß den gesamten Auftrittsplan mit den einstudierten Liedern in irgendeiner Kneipe, in der er sich warm zu trinken gedachte. Außerdem verschenkte er unterwegs, aus unerfindlichen Gründen, unseren Verstärker an einen Obdachlosen. Offenbar war unsere ganze Band noch minderwertiger, als man es mit Worten ausdrücken konnte.

Ich erinnere mich an die völlig überfüllte Halle in Hattenroth. Unsere Werbeaktionen im Vorfeld waren äußerst effektiv gewesen. Ein revolutionärer, alle Genres sprengender Super-Gig wurde angekündigt. „Wer das versäumt, verpasst die Treppe zum Paradies!", war nur einer von unseren völlig überzogenen Werbesprüchen.

Als Vorband hatten wir die Jungs von Hellfrozen Fuckfood angeheuert. Eine Band aus unserem Nachbarort, die selbst in Kifferkreisen als schräg, unanständig und musikalisch undefinierbar eingestuft wurde. Der Sänger und Chef der Gruppe, ein Kerl, der überall nur als „der Geier" bekannt war, ratterte vor Beginn jeden Konzerts einen wirren halbstündigen Monolog herunter, der das unverständliche Glaubensbekenntnis der Band darstellte. Ein bizarrer Wirrwarr an Worten, den absolut keine Sau verstand. Wir wählten damals Hellfrozen Fuckfood als Vorgruppe, um dem Publikum im Anschluss eine qualitative Aufwärtsbewegung bieten zu können. Denn keine Band der Welt spielte schlechter als Hellfrozen Fuckfood.

Doch obwohl wir unmöglich schlechter spielen konnten

als unsere Vorband, rieten mir alle Instinkte zur Flucht. Diese war allerdings schon aus rein finanziellen Gründen keine Option, weshalb ich meiner immer stärker werdenden Nervosität mit einer Flasche Jack Daniels zu Leibe rückte. Und dann waren da noch meine Bedenken bezüglich der speziellen Modalitäten unseres Auftritts, weil doch von vier Bandmitgliedern zwei fehlten, und ausgerechnet diejenigen, die ein bisschen was von Musik verstanden.

Der Unflat meinte, selbst schon voll wie eine Haubitze, wir sollten absagen. „Wir haben keinen Sänger, keinen Schlagzeuger und wir wissen noch nicht einmal, was wir spielen sollen."

„Kein Problem. Marginalien. Darüber würde Iggy Pop nur lachen..."

Ich dachte an die Eintrittsgelder, die wir dringend brauchten, um unsere Unkosten zu decken.

„Wir müssen improvisieren!", sprach ich tollkühn zu der verbliebenen Restband. Der Unflat nickte.

Also spielten wir wort- und sinnlos vor uns hin, wobei wir gerade einmal bis zur Mitte des zweiten Songs kamen, bevor die ersten Bierflaschen flogen.

Mit großem Glück entkamen wir dem uns jagenden Mob. Letztlich ging unser erster und einziger Auftritt ohne nennenswerte Verluste vonstatten, bis auf den Umstand, dass wir in einigen Regionen von Elderswalde bis zum heutigen Tage als vogelfrei gelten.

Ich parkte neben Unflats Saab und stieg aus meinem Wagen. Kaum war ich einige Meter gegangen, stürzte Hitler auf mich zu. Wir spielten ein wenig vor der Veranda und hüpften dann gemeinsam die kleine Treppe zur

Haustür hinauf. Das wundersame Türblatt derselben, eine verspielte Komposition aus Metallreliefs und Nieten, war das von der Handwerkskammer prämierte Gesellenstück des Hauseigentümers.

Der Unflat absolvierte nach bestandenem Abitur eine Lehre als Maschinenschlosser. Man kann sich lebhaft vorstellen, welche Reibereien ein waschechter Unflat in einem mittelständischen Unternehmen mit 580 Mitarbeitern verursacht. Die Hälfte der Belegschaft hasste den Unflat wegen seiner Neigung rücksichtslos auszuspucken, was er dachte. Die andere Hälfte schätzte und achtete ihn jedoch aus genau demselben Grunde.

Aber: Warum wurde dem Unflat nicht gekündigt? Warum verweigerte sich die Firma RMT (Riffelmayer Metall Technik) dem Zeitgeist? Warum stellten sich erfahrene Geschäftsleute hinter einen abwegigen Menschen?

Hier verdiente doch einer wie der Unflat Anerkennung, die sich in Form eines anständigen Arschtritts ausdrückte. Wo also war der dynamische, international erfahrene Unternehmensberater geblieben, dessen strategische Konzepte die Alten, Schwachen und Widerborstigen aussonderte und in die Wurstmaschine schickte?

Ich traf den alten Riffelmayer in meinen aktiven Zeiten regelmäßig im Schachklub. Wir spielten oft gegeneinander. Ich kannte ihn allerdings nur als „Richard" und wusste nicht, dass er einer der größten Arbeitgeber der Region war. Den alten Mann mochte ich wegen seiner höflichen Art sehr gerne. Denn gute Umgangsformen bedeuten mehr als reine Höflichkeit, sie zeugen von Charakter.

Als wir Jahre später einmal beim Keiler saßen und ich zum ersten Mal erfuhr, wer der alte Richard tatsächlich war, unter anderem der Arbeitgeber meines besten Freundes, fragte ich ihn aus, über die Wirkungen eines real existierenden Unflats im sozialen Gefilde eines mittelständischen Unternehmens.

Der Unflat sei in seiner Firma wie ein Katalysator, meinte der alte Richard. Mit ihm wären keine Verkrustungen und dauerhafte Verlogenheiten möglich. Der Unflat, der nähme kein Blatt vor den Mund. Und das ginge gegen die Heuchler, gegen die Kameradenschweine, gegen die ewigen Nassauer und zugunsten der Anständigen.

Ich sah den alten Riffelmayer schief an. Eine kräftige innere Abneigung gegen jede Sozialschwärmerei ließ mich nachfragen. Ein bisschen Öl im Getriebe? Ist das schon alles? Sei ehrlich, alter Richard!

Und siehe: Riffelmayer war mit Unflats Vater zur Schule gegangen. Nach dem zwanzigsten Bier erzählte mir der alte Unternehmer, wie er einst seinen Freund im Sanatorium besuchte, wo der dahin siechende Patient seinen Körper mit Alkohol einreiben musste, weil sein Magen schon längst zu ruiniert war, um das Gift noch verdauen zu können. Da kam also der alte Riffelmayer zu seinem Freund in die Klinik und war mit der traurigen Aufgabe betraut, ihm mitteilen zu müssen, dass seine, also des Patienten Frau, den Kopf in den Gasofen gesteckt habe.

Nachdem der gutherzige Unternehmer seiner traurigen Pflicht nachgekommen war, bat der Patient seinen Schulfreund ein Auge zu haben auf den in Kürze verwaisten Sohn, der bald schon ganz mutterseelenallein sei in dieser Welt.

Vielleicht war der Unflat wirklich ein reibeisernes Glück für ein mittelständiges Unternehmen. Vielleicht versuchte der alte Riffelmayer aber auch, sich seine privat-moralische Verantwortung betriebswirtschaftlich schön zu reden. Wer weiß.

Der alte Riffelmayer jedenfalls stand zu seinem Unflat. Ungeachtet dessen, was seine Unternehmensoptimierer ihm ins Ohr flüsterten.

Kapitel 22

Der Unflat erinnert sich

August 2018

„Mittlerweile haben wir mehr als 2500 Mitarbeiter und ich, der firmeninterne Unflat, avancierte vom Maschinenschlosser zum Leiter der Marketingabteilung. Ich wurde ruhiger mit der Zeit. Mit steigender Verantwortung musste ich lernen, nicht jedem Arschloch meine Meinung zu geigen. Aber mein Wesen ist glücklicherweise noch nicht ganz gebändigt. Die meisten Verstöße gegen die Compliance gehen immer noch auf mein Konto. Und zum Glück gibt es drei hübsche Gründe, die es dem Vorstand verbieten mir zu kündigen, obwohl ich nicht mehr dem Zeitgeist entspreche.

Erstens ist da meine lange Betriebszugehörigkeit. Zweitens natürlich der Umstand, dass ich sehr viele Geheimnisse kenne. Und drittens, mein Lieblingsgrund, meine Neigung zu strategischer Gewalttätigkeit. Vor einiger Zeit nahm ich mir unseren neuen Produktionsleiter, einen ebenso ehrgeizigen wie hinterfotzigen Kerl mit BWL-Hintergrund, zur Brust. Genauer gesagt drückte ich ihn rücklings an seine Bürotür bis er keuchte und dann flüsterte ich ihm ins Ohr:

„Achtung, du Wichser! Wir sind hier in Elderswalde, meiner Heimat. Wenn wir beide also ein Problem haben, dann gehen wir zusammen in den Wald und regeln die Sache. Zwei Mann gehen hinein und nur einer kommt zurück. Faire Angelegenheit. Macht man hier so, Arschgesicht."

Marie-Claire lachte eine kleine Rauchwolke in den Lichtkegel der Lampe, die Max zum Lesen nutzte.

„Was für ein uralter Spruch. So reden Männer, wenn ihnen die Argumente ausgehen. Allerdings, anthropologisch gesehen eine Maßnahmen, die heute noch ebenso wirkungsvoll sein dürfte, wie vor 5000 Jahren. Ich wette, der Herr Betriebswirt kuschte vor dir, wie die Stute vor der Reitpeitsche."

Max lächelte betont unschuldig.

„Zu meiner Ehrenrettung sei gesagt: Dieser wieselhafte Schleimklumpen wollte altgediente Kollegen aus dem Betrieb drängen, weil diese – und ich übertreibe jetzt nicht, er hat mir diese alberne Floskel tatsächlich entgegengeworfen, als sei er ein Geldbeutel auf zwei Beinen; er meinte also, die besagten Mitarbeiter müssen gehen, weil sie nicht zur *Bottom Line Optimization* beiträgen. Einen kurzen Moment lang dachte ich, der Typ sei witzig. Aber von Humor war nicht zu reden. Er meinte diese Äußerung tatsächlich ernst. Also habe ich mir diesen Wichser vorgeknöpft, bevor er irgendwelche Kollegen entlassen konnte, die anständig ihre Arbeit erledigen."

„Also hatte der alte Riffelmayer doch einen guten Riecher, wenn er seine schützenden Hände über dich hielt. Heute legst du deine Pranken schützend über das Unternehmen. Und die Belegschaft weiß das zu schätzen, wie mir ein gut informiertes Vögelchen immer wieder mal ins Ohr zwitschert. Wenn der Marketingleiter eines Industrieunternehmens von der Belegschaft in den Betriebsrat gewählt wird, sind dafür sicherlich gute Gründe vorhanden."

„Danke für den Weihrauch. Aber das hat sich alles einfach so ergeben. Und der alte Riffelmayer ist schon lange tot.

Konny hat die näheren Umstände seines Handelns – meinen Vater betreffend – korrekt beschrieben. Manni und Richard verband eine langjährige Freundschaft, obwohl sie gänzlich unterschiedlicher Herkunft waren. Für mich war diese Bindung von großer Bedeutung. Ich hatte in meinem Leben – ohne eigenen Verdienst daran und daher darf ich mich mehr als glücklich schätzen – zwei große Rettungsanker. Der eine war die Familie Gerstenberg, der andere die Firma RMT. Als Kind wurde ich in die Scheiße geworfen. Aber aus irgendeinem Grund beschenkte mich das Schicksal dann wie... Ja, wie… eine abgefuckte Lottofee, die ihren Glückskeksen nach der Arbeit noch einen bläst."

Marie-Claire blickte auf den Grabstein ihres Bruders. Sie hielt das Whiskyglas in der einen, die brennende Zigarette in der anderen Hand. Mittlerweile beherrschte der Alkohol weite Teile ihres Gehirns. Das war ihr recht. Denn die Zeilen des Manuskripts neigten sich langsam dem Ende zu. Wenn die Lesung beendet war, würde sie gehen müssen. Fort von dieser kleinen, warmen, weltflüchtigen Idylle. Dieser Trost würde enden. So wie jeder Trost irgendwann endete. Wie alles Glück einmal zu Ende ging. Sie blickte zu ihrem Begleiter, der das Bündel Papier gerade wieder in die Hände nahm, um sich auf das Weiterlesen vorzubereiten.

Sie trank einen Schluck. Die Flüssigkeit rann brennend durch ihre Kehle und befeuerte ihr geistiges Wohlbefinden. Plötzlich war es wieder da. Das unverschämte Grinsen auf ihrem Gesicht. Ein unverbrauchtes Mädchengrinsen. Sie hob mit einer kecken Geste ihr Glas, wobei ihr Zeigefinger auf den Unflat wies und sagte neckisch:

„Zurück zur Sache, Schätzchen! Wenn ich meinem Gedächtnis trauen darf, rollt nun die Amerikanische Streitmacht ein. Strike Bossanova!"

Bei Max verursachte diese Erinnerung ein wehmütiges Lächeln. Er wiederholte still ein vernuscheltes „Strike Bossanova!" und senkte die Seiten des Manuskripts unter das Licht der kleinen Lampe, um den begrenzten, endlichen, nie wieder um ein einziges Wort bereicherten Fluss der Erzählung fortzusetzen. Diese Worte waren ihm so kostbar, wie seine eigene Lebenszeit.

Das Ritual an Konnys Grab, an seinem Geburtstag, war immer ein seltsamer Höhepunkt des Jahres. Grausig, sentimental und wundervoll zugleich. Grausig war das letzte Bild, das ihn mit seinem Freund verband. Das letzte Mal, dass er seinen Körper berührte... Ein blutiger Klumpen auf einem weißen Haufen Pulver. Gesprenkelt mit Blut. Marie-Claire war ihm noch geblieben. Seine letzte Verbindung zur Familie Gerstenberg, die nunmehr fast gänzlich ausgelöscht war. Sie legte großen Wert darauf, dass er das Manuskript aufbewahrte und er wusste auch warum. Die Wölfe hetzten sie. Ihre Anwesenheit im nächsten Jahr war keineswegs selbstverständlich. Marie-Claire wusste das. Ebenso wie Max es wusste.

Dennoch wollte er allem Trübsinn trotzen und warf seiner Trink- und Erinnerungsschwester sein breitestes Haifischgrinsen entgegen. Er ballte seine Fäuste, holte tief Luft und rief: „Ich erinnere mich, als wäre es gestern gewesen. Wir saßen in gelöster Haltung bei einigen Longdrinks in meinem Wohnzimmer..."

Marie-Claire lachte unbekümmert. Es war genau jenes unbekümmerte Lachen, das 30 Jahre zuvor aus ihrer noch unbekümmerten Kehle drang.

Kapitel 23

Strike Bossanova!

August 1988

Wir saßen in gelöster Haltung bei einigen Longdrinks in Unflats Wohnzimmer, als von draußen das Anrollen eines Wagens zu hören war. Ein Taxi brachte unseren amerikanischen Besucher.

Noch vor zwei Stunden saß ich beim alten Keiler und lauschte seiner Schmirgelpapierstimme. Und nun war ich gespannt darauf, was Josh Epstein zu dieser abenteuerlichen Episode unserer gemeinsamen Ahnengeschichte sagen würde.

„Da kommt er. Mein lieber Unflat, Amerikaner, besonders jene aus der großen Stadt New York, sind sensible, scheue und in höchstem Maße kultivierte Menschen. Bitte gib dir ausnahmsweise etwas Mühe beim Umgang mit anderen menschlichen Wesen. Nur heute. Nur jetzt. Nur für mich. Bitte!"

„Jetzt hör aber auf. Nur weil ich ein klein wenig zur Deutlichkeit neige und daher erfrischend unverlogen und aufrichtig daher komme, bin ich noch lange nicht sozial inkompetent, insbesondere was den Umgang mit imperialistischen amerikanischen Wichsern betrifft."

„Du bist – ich betone! – du bist sozial inkompetent. Du bist der sozial inkompetenteste Mensch, der jemals ohne einen Maulkorb frei herumlaufen durfte! Apropos, wo ist dein Maulkorb?"

„Schnauze, verfickter Faschisten-Faschist!"

„Und können wir bitte heute, nur heute, alle Wörter die in einem Zusammenhang mit der bösen Vergangenheit stehen, beiseite lassen? Es sind nicht alle Menschen so taktlos, unsensibel und humorgestört wie wir."

Der Unflat hob abwehrend beide Hände, neigte den Kopf ein wenig zur Seite und sagte mit einschmeichelnder Stimme:

„Kein Problem! Ich kann meine Zeitgenossen auch total menschenfreundlich begrüßen, mit Lieblichkeiten wie:

Guten Morgen, Sie Arschloch!

Grüß´Gott, Sie Wichser!

Hallo, du Hure!

Hi, Hitler...

Und? Wie gefällt dir das?"

„Geht so. Aber ich bin auch mit wenig zufrieden."

Als ich die Tür öffnete schlüpfte der Hund an mir vorbei, um den Neuankömmling zu begrüßen. Besuch war hier immerhin selten und so freute er sich mit jeder Pfote auf den neuen Gast. Nachdem mir Josh zur Begrüßung die Hand gegeben hatte, ging er in die Hocke, um den unflätigen Köter zu begrüßen.

„Der ist ja putzig! Wie heißt denn der kleine Kerl?"

Hier musste ich nun krampfhaft überlegen, welche kulturell sensible Antwort möglich war in Gegenwart einer Person, deren familiäres Umfeld sicher wenig Freude an Führerwitzen hegte. Hinter mir grunzte allerdings ohne Verzug der Meister der sozialen Inkompetenz:

„Der heißt Hitler. Hört aber auch auf Adi-Buddy oder SS-Schlampe. Je nach Uhrzeit."

Josh lachte. „Dein Hund heißt Hitler? Nun ja, warum nicht. Zumal es sich offensichtlich um eine bunte Promenadenmischung handelt und nicht um einen reinrassigen Schäferhund."

Damit war die Sache zum Glück erledigt. Wir gingen ins Haus, ließen uns im Wohnzimmer nieder, beteiligten den frisch angekommenen Besucher an unserem kleinen Trinkgelage und erörterten die Ereignisse der letzten Tage. Zunächst klärte ich Josh ausführlich über die Berichte der beiden Zeitzeugen auf. Besonders die umfangreiche Erzählung des alten Keilers beeindruckte ihn.

„Hast du ihn auch über Botticelli und Sixtus befragt? Dieses Orakel scheint ja auf fast alles eine Antwort zu wissen?"

„Unseren Senior zog es zur Mittagsruhe, bevor ich ihm weitere Fragen stellen konnte. Aber du hast recht, dieses Rätsel sollten wir morgen unbedingt zur Sprache bringen."

Der Unflat, der seit fast einer halben Stunde still trinkend sein Sofa bewohnt hatte, meldete sich nun zurück.

„Ich habe ein wenig über Papst Sixtus und Botticelli nachgedacht... Nicht beim besten Willen, nicht einmal unter Inanspruchnahme all meiner schmutzigen Phantasie, kann ich auch nur den geringsten logischen Zusammenhang zwischen der Epoche der Renaissance und euren Großvätern erkennen. Die beiden Namen, da bin ich mir ganz sicher, stehen als Platzhalter für eine andere Information. Wir wissen nur nicht für welche."

Ich nickte ihm zu und wendete mich wieder an Josh.

„Dieser weiße Mercedes. Der will mir nicht aus dem Sinn. Sind möglicherweise noch Dritte hinter dem her, was wir suchen?" Josh dachte kurz nach und schüttelte dann den Kopf.

„Mein Vater wusste rein gar nichts über die Bedeutung der Dokumente. Er fand sie im Nachlass meines Großvaters.

Den Namen Konrad Gerstenberg hatte er noch nie gehört. Nachdem er mir die Papiere übergeben hatte klapperte ich einige ältere Verwandte ab, in der Hoffnung irgendeine Spur zu finden. Aber ohne Erfolg. Erst dann suchte ich nach Informationen in diversen Registern und Telefonbüchern. Den Rest kennst du ja."

„Ich verstehe, aber könnte diese Suche in deinem Bekannten- und Verwandtenkreis nicht auf größeres Interesse gestoßen sein und sich bedeutend weiter verbreitet haben, als wir ahnen?"

„Vielleicht, möglicherweise... Aber es geht doch hier bloß um zwei alte Dokumente, einen vergilbten Brief der Feldpost und einen Passierschein der Wehrmacht. Glaubst du wirklich, der Mercedes ist dir mit Absicht gefolgt?"

„Denke schon. Erst steht er vor der Metzgerei in Hollenweider und später vor dem Altenheim des alten Roßbacher, der seltsamerweise kurz nachdem er mit mir sprach das Zeitliche segnete. Dann fährt derselbe Wagen mit quietschenden Reifen davon, als ich aus dem Haus von Willibald Keiler trete."

Der Unflat gab an Yosh gerichtet zu bedenken: „Dein Großvater verließ Deutschland und ging nach New York. Was ihm glückte, könnte auch anderen gelungen sein. Menschen, die irgendwie in diese ominöse Geschichte verstrickt waren. Einige davon könnten immer noch leben. Vielleicht hat in New York jemand von deiner Suche nach Informationen Wind bekommen und ist unruhig geworden."

„Nicht auszuschließen. Aber mir fällt wirklich kein Kandidat ein, der dafür in Frage käme. Wir betreiben doch hier nur etwas Ahnenforschung. Deswegen ermordet doch niemand einen harmlosen Rentner in einem Altenheim."

„Was heißt hier harmlos?", warf ich ein.

„Wer weiß, was der alte Roßbacher mir noch alles erzählt hätte? Bisher hielt ich einen Rentnermord für abwegig. Aber je länger ich darüber nachdenke, desto mehr Zweifel kommen mir. Morgen werden wir auf jeden Fall den unverwüstlichen Keiler befragen. Diese sprudelnde Quelle lebt ja zum Glück noch."

Kapitel 24

Ein Rentner brennt

August 1988

Es war mittlerweile Abend geworden und da für diesen Tag keine weiteren Nachforschungen anstanden, fuhr ich mit Josh zu meinen Eltern. In dem gruseligen Häuschen meiner Großeltern wollte ich den Gast lieber nicht unterbringen.

Wir erreichten mein Elternhaus pünktlich zum Abendbrot und meine Mutter tischte sogleich ein weiteres Gedeck auf, nachdem ich ihr den amerikanischen Gast als Austauschstudent meiner Universität vorgestellt hatte. Eine gewisse Geheimhaltung wollte ich sicherheitshalber beibehalten. Jedoch erwähnte ich seine jüdischen Wurzeln, weil dieses Gesprächsthema beim Abendessen eine geschmeidige Verdauungskonversation versprach. Außerdem war ich neugierig, was Josh über das Leben in einer jüdischen Gemeinde in New York zu erzählen hatte.

„Sprichst du auch Jiddisch?", fragte Marie-Claire, die neben meinem Vater die fünfte Person am Abendbrottisch war.

„Nein, meine Vorfahren kamen ja nicht aus Osteuropa, sondern aus... aus Würzburg."

„Ach, haben die in Würzburg nicht Jiddisch gesprochen?" Ich kam Josh mit der Antwort zuvor, um ihm ein wenig beim Lügen zu helfen.

„Du dummes kleines rothaariges Ding! Jiddisch war der Dialekt des Ostjudentums. Du machst doch gerade das Abitur – die Reifeprüfung. Dies ist eine Bildungshürde, welche zu der Fähigkeit führen sollte, die eigene Dummheit so weit als möglich zu vertuschen. Aber vielleicht hatten die Häscher der Heilige Inquisition auch schlicht und ergreifend recht, wenn sie haufenweise rothaarige Hexen verbrannten. Eine wirkungsvolle Maßnahme zur Verminderung der grassierenden Doofheit auf Erden." Diese kleinen humoristischen Wortgefechte waren unter uns Geschwistern (Jasmin ausgenommen) eine kreative Übung, an deren Qualität wir ständig feilten. Ich freute mich daher schon auf die feuerspuckende Antwort meiner kleinen Schwester. Marie-Claire holte tief Luft und parierte unverzüglich.

„Habt Ihr gehört, was dieser debile Schandfleck der Familie zu mir gesagt hat? Diesem Knilch sollte man einen kiloschweren Ochsenring durch seine Lästerzunge treiben, das würde vielen anständigen Wörtern das peinsame Schicksal ersparen, in einem seiner dämlich verschachtelten Endlossätze zu landen. Und das wäre wiederum ein wirklicher Akt zur Verminderung der grassierenden Blödheit auf Erden." Meine Mutter seufzte, weil ihr der derbe Wortwechsel vor unserem Besucher unangenehm war und weil ihr überhaupt Harmonie und anständige Gespräche am Abendbrottisch viel lieber waren. Mein Vater lachte jedoch munter über die Späße seiner Brut. Vermutlich in dem stillen Behagen darüber, nicht alles falsch gemacht zu haben, bei der marginalen Miterziehung seiner Kinder.

Jetzt wollte Josh etwas sagen, aber die feuerrote Marie-Claire war groß in Fahrt.

„Und noch etwas, Oberarsch! Nur weil dein großes Idol zufällig aus Galizien stammt – ich habe nämlich in der Schule sehr wohl aufgepasst und wüsste sogar, wo Galizien auf einer historischen Landkarte zu finden wäre – bist du, mein lieber Oberarsch, noch lange kein Ostexperte."

Ich nahm einen großen Schluck Wein, stellte dann das Glas, den Stiel mit spitzen Fingern umfassend, langsam auf dem Tisch ab und ging vergnügt zum Angriff über.

„Nur weil ich einmal in einem Moment tiefster Weisheit gesagt habe, dass die ganze Welt aus idiotischen Vollidioten bestünde, und dass die einzige Ausnahme Billy Wilder sei, der größte Komödienschreiber der Weltgeschichte. Und nur weil Billy Wilder zufälligerweise aus Galizien stammt, musst du noch lange nicht dein vorlautes Mundwerk derart ungehemmt in Gang setzten."

„Ich dachte immer die Königsdisziplin der Literatur sei die Tragödie und nicht die Komödie", warf Josh etwas bemüht ein. Aber Pech für Egon! Dies war mein Thema. Hier war ich zu Hause. In jeder Hinsicht. Ich füllte meinen Brustkorb mit Sauerstoff und entlud mich.

„Ha! – Das sagen einige von meinen Feinden, diese bourgeoisen Schweine, wenn sie mich öffentlich diskreditieren wollen..."

Marie-Claire lachte sich weg, meine Mutter verdrehte die Augen und mein Vater grinste vergnügt vor sich hin.

„Aber Tatsache ist, meine lieben Freunde, Vater und Mutter, hochverehrtes Publikum, es besteht ein elementarer Unterschied zwischen der Tragödie und der Komödie. Tragödien geschehen ohne kreatives Zutun jeden Tag tausend- und millionenfach. Man könnte sie Seite für Seite abschreiben, mit allen Dialogen und Handlungsabschnitten. Man könnte dicke Bücher füllen, indem man nur das tragische Tagesgeschehen abtippte. Aber in der ganzen Menschheitsgeschichte hat sich noch nie eine abendfüllende Komödie ohne Drehbuch ereignet. Es gibt lediglich komische Situationen, spontane Momente, die uns zum Lachen bringen. Aber eine dauerhafte Phase der Komik, die sich ohne kreativen Gestaltungswillen ereignet, ist unmöglich. Nur die menschliche Phantasie kann eine Komödie ersinnen. Mutter Natur ist da leider vollkommen humorlos."

Ich gestikulierte wild mit den Händen, streckte theatralisch meinen Oberkörper in den Raum und fuhr fort.

„Daher lässt sich ableiten: Die Tragödie, und sei sie auch noch so kunstvoll ausformuliert, ist nur ein Abklatsch der profanen Alltagsrealität. Die Komödie hingegen ist zwangsläufig ein Produkt der menschlichen Einbildungskraft. Eine reine Kopfgeburt. Daher ist also der Komödiendichter der König der literarischen Zunft. Sofern man die Schöpferkraft, also das kreative Potenzial eines Menschen, als Maß aller Dinge betrachtet. Und wer etwas anderes behauptet, ist ein nuschelnder, multiperverser Bauerntölpel!"

Und so ging es weiter. Und je mehr Alkohol floss, desto absurder wurden unsere Ausführungen. Aber wir lachten den ganzen Abend und irgendwann trug sogar meine Mutter absurden Unfug bei.

Kurz nach Mitternacht wurden wir müde. Josh bekam ein Bett im Gästezimmer und ich selbst schlief in meinem alten Jugendzimmer. Und so träumten wir grotesken Unsinn und verdauten den Inhalt unserer fidelen Abendunterhaltung, bis die Sirenen der Freiwilligen Feuerwehr das ganze Haus aus den Federn riss. Das Dröhnen des Alarms weckte mich ruckartig und ohne Erbarmen. Träge brachte ich meinen Körper in die Vertikale und ging zum Fenster. Am Ostrand des Dorfes brannte es lichterloh.

Am Ostrand, wo der alte Keiler wohnte. Der mit diesem Gedanken einhergehende Schrecken jagte mir buchstäblich einen Schauer über den Rücken. Ich besuchte und befragte den alten Roßbacher und er starb einen Tag später. Ich besuchte und befragte den alten Keiler und noch am selben Tag stand sein Haus in Flammen.

Eine Viertelstunde später standen wir mit dem übrigen Dorfvolk vor Willibald Keilers altem Fachwerkhaus, dessen steinalte Holzbalken eine lodernde Hitze in die Nacht sandten. Das die vier Grundmauern umgebende Gelände leuchtete taghell. Unter knisternden Brandgeräuschen flogen die Funken fast senkrecht in den Nachthimmel. Die Freiwillige Feuerwehr mühte sich redlich dem Brand Herr zu werden, doch die dürren Balken und der trockene Strohverputz brannten trotzig weiter.

Während ich dort stand, gab es für mich keinen Zweifel mehr. Mit dem Ableben dieses Hauses war auch der alte Keiler ein für alle Mal gegangen. Neben mir hörte ich die betagte Hildegard schnattern.

„Geraucht hat er ja immer. Geraucht hat er Tag und Nacht. Sogar im Bett. Musste ja irgendwann so kommen."

Woher mochte die alte Hildegard wohl wissen, dass der alte Keiler im Bett geraucht hatte? Aber die Erinnerung an eine sepiafarbene Fotografie, die seit Ewigkeiten im Flur der Gastwirtschaft Keiler hing, verriet mir welch heißer Feger die fesche Hilde in den Fünfzigern war.

Unterdessen brannte das Gebäude weiter ab. Die umliegenden Häuser waren nicht in Gefahr. Das Stammhaus der Familie Keiler lag schon immer etwas abseits. Neben dem Feuerwehrbus sah ich unseren gegenwärtigen Kneipenwirt, den Sohn des alten Keilers, wie er vor dem Feuerwehrhauptmann manisch gestikulierte, dann wieder in hoffnungsloser Verzweiflung den in sich zusammenfallenden Brandhaufen anstarrte.

Keine zehn Meter von mir entfernt stand Josh und blickte mit ausdrucksloser Miene in die tobende Hitze. Der Widerschein des Feuers erzeugte auf seinem Gesicht ein wildes Schattenspiel. Ich selbst starrte wieder nach vorn. Fragte mich, ob ich auch nur im Geringsten darüber im Bilde wäre, was hier an seltsamen Dingen vor sich ging.

In dem Haus, das vor mir in Flammen stand, verglühte nicht nur der irdische Rest von Johannes Willibald Keiler. Mit ihm – als würde es der Anstand gebieten – verbrannte auch das niedergeschriebene Gedächtnis seines Daseins. All die Tagebücher. Über die Spanne eines ungewöhnlich langen Menschenlebens verfasst. Behaftet mit tausend Namen.

Erst in diesem Augenblick verstand ich die Bedeutung dieser Aufzeichnungen. Es waren die Erinnerungen einer Privatperson. Ihre Existenz war ohne Bedeutung für die offizielle Geschichtsschreibung. Es sei denn, ein wichtiger Name blitzte auf; wurde von einem Zeitzeugen in alter Tinte auf glaubwürdiges, heute vergilbtes Papier geschrieben. Alte Dokumente sind ehrlich. Unbestechlich. Ein Name auf so altem Papier konnte nicht geleugnet werden.

Kapitel 25

Kein Rätsel ohne Antwort, keine Antwort ohne Rätsel

August 1988

Die Nacht zuvor fand ihren Höhepunkt in jenem fauchenden, wütenden Feuersturm, mit dem das Haus des alten Keilers unter grausigem Getöse in sich zusammenfiel. Dieses traurige Schauspiel ließ den jungen Keiler, der sich bis dahin noch tapfer gehalten hatte, nun hemmungslos in Tränen ausbrechen und den Namen seines Vaters mit wegknickender Stimme in den Nachthimmel rufen.

Nachdem das alte Haus so dramatisch zunächst in die Knie und dann vollends zu Boden gegangen war, gingen wir alle beklommen nach Hause um uns, nach einem Keiler-Ade-Schnaps, wieder schlafen zu legen.

Am nächsten Morgen bargen wir nach dem Frühstück einige verstaubte Fotoalben, sowie einen fleckigen Schuhkarton, in dem sich ungeordnetes Bildmaterial aus alten Zeiten befand, aus dem Häuschen meiner Großeltern und fuhren damit zum Unflat. In einer kleinen Lawine rutschten die alten Bilder wenig später aus dem Schuhkarton auf den niedrigen Tisch im Wohnzimmer meines Freundes. Der unflätige Hauseigentümer lümmelte zu meiner Rechten in seinem Lieblingssessel und Josh zu meiner Linken auf dem großen grünen Ledersofa. Ich saß in einem Sessel an der Stirnseite des Wohnzimmertischs und verteilte die Fotografien auf der Tischplatte. Der Unflat beugte sich plötzlich vor und zog ein Bild aus dem Haufen.

„Hier sind eure Opas in Keilers Tenne. Schaut mal, der alte Keiler, mittlerweile frisch verbrannt, ist auch im Hintergrund zu erkennen. Dort, hinter der Theke, als junger Kerl."

Ein anderes Bild zeigte meinen Großvater und Simon Epstein bei einer Partie Schach. Tief in Gedanken versunken, wie es sich für anständige Kämpfer des Geistes gehörte.

„Was ist das für ein merkwürdiger Schachtisch?", fragte Josh.

„Sieht interessant aus, nicht wahr? Genannt, der Doppelthron. Eines der wenigen Erbstücke meines Großvaters Konrad. Kein Mensch weiß, wie er dazu gekommen ist. Der Tisch stand früher leihweise in unserem Klubhaus, als ich selbst noch im Schachklub aktiv war. Meistens habe ich dort abends mit meinem Vater ein oder zwei Partien gespielt. Irgendwann war ich allerdings richtig gut auf dem Brett. Zu meinen besten Zeiten trug mich mein Talent bis auf den zweiten Platz der Landesjugendmeisterschaften. Mein Vater verlor ab einem bestimmten Zeitpunkt unausgesetzt gegen seinen brillianten Sohn und meinte letztlich, gegen so einen blöden Arsch wie mich würde er nicht mehr spielen."

Josh warf sich lachend auf seinem Sofa zurück und sagte: „Jetzt weiß ich zumindest, woher eure familieninterne Ironiebegabung stammt."

Der Unflat konnte zu diesem Thema einige Geschichten beisteuern, die uns eine gute halbe Stunde unsere eigentliche Aufgabe vergessen ließ. Anschließend kramten wir noch einige Zeit in dem verstaubten Bilderwust und suchten nach Spuren in der Vergangenheit. Wir fanden jedoch nicht den geringsten Hinweis, der uns bei der Entschlüsselung des Rätsels um Botticelli und Sixtus hätte weiterhelfen können. Irgendwann meinte der Unflat, es wäre nun genug. Es gelüste ihn nach einer Partie Schach. Einer habe als Gegner herzuhalten. Und zwar sofort.

Nach dieser Ansage stellte sich in mir ebenfalls das einst still untergegangene Verlangen nach dem Spiel der Spiele wieder ein. Sei es, weil mich das Bild von dem urigen Schachtisch an Kinder- und Jugendzeiten erinnerte, die ich voller kindlicher Freude am Spielvergnügen an dem alten Erbstück verbrachte. Oder sei es, weil die Bildersichtung mich schlichtweg zu langweilen begann. Der Unflat hatte sich unterdessen für einen Gegner entschieden.

„Spielst du auch Schach oder kommt der gemeine, zu Vulgarität und Oberflächlichkeit neigende Amerikaner nicht über das ordinäre Monopoly hinaus?"

„Ich spiele sogar sehr gerne. Aber an Meisterschaft ist in meinem Fall nicht zu denken."

„In meinem Fall auch nicht", erwiderte der Unflat und ergänzte:

„Wie wäre es also mit einer schönen Partie Schach zwischen zwei mittelmäßig begabten Arschgeigen? Und der Gewinner darf dann gegen den versoffen Ex-Kinderstar der lokalen Schachwelt verlieren…"

Der Unflat holte sein schönes böhmisches Schachbrett mit den handgeschnitzten Holzfiguren aus dem Wohnzimmerschrank und bestellte selig lächelnd das Spielfeld. Währenddessen schaufelte ich die Fotografien wieder in den Karton zurück. Nachdem alle Figuren ordnungsgemäß aufgestellt waren, bat er Josh ihm gegenüber in Stellung zu gehen. Wie es eben seine Art war, redete der Unflat dabei munter vor sich hin.

„Nun denn! Dann lass uns mal loslegen, hier an dieser Stätte der profunden Überlegung, diesem Ort des Geistes und der dreimal verfickten Gedankenschlampe namens Läufer auf Drei... oder mit anderen Worten: Der König legt sich abends hin und vögelt mit der Königin..."

Ich lächelte. Die harmlos manierierten Worte meines Freundes umspülten mich, wie eine freundliche Sommerbrise.

Dann passierte es.

Ein aufflammendes Gefühl.

Mir war, als hätte sich etwas verhakt in meinen Gedanken. Als sei da ein Brocken, den ich mir unbedingt greifen müsse und der auf keinen Fall unverstanden ins Vergessen entschwinden dürfe.

Ich sah zu meinem alten Freund hinüber.

„Was hast du da gerade gesagt?"

„Was ich gesagt habe?", fragte der Unflat irritiert.

„Ich hab gar nichts gesagt, sondern geschwallt. Das ist etwas ganz anderes als nur profan zu reden. Denn ein professionelles Geschwalle ist weit mehr, besonders wenn man als Maßstab die göttliche Fähigkeit..."

„Du hast das Schachbrett einen Ort des Geistes genannt", unterbrach ich ihn.

„Na und? Das stimmt doch auch."

Josh sah mich an, er spürte jetzt ebenso wie ich eine tiefere Bedeutung in dieser beiläufigen Bemerkung.

„Du findest sie an einem sehr spirituellen Ort, zwischen

Botticelli und Papst Sixtus", zitierte unser Besucher.

Der Unflat schlug mit der flachen Hand auf den Tisch.

„Okay! Das Schachbrett ist ein spiritueller Ort, wenn man so will. Und weiter? Wenn ich schon etwas Kluges gesagt haben sollte, dann klärt mich bitte darüber auf, damit ich mit meiner Klugheit später auch angeben kann. Denn was nützt mir ein scharfer Verstand, wenn er nicht zu sexuellen Vorteilen führt?"

„Bedaure… Du hast gar nichts Kluges gesagt, aber hochprofessionell geschwallt." Ich ließ mich langsam in die Rückenlehne fallen. Nahm noch einen Zug von meiner Zigarette, schloss kurz die Augen und als ich sie wieder öffnete, war mir alles klar. Komplett alles. Das Rätsel war gelöst.

„Es geht gar nicht um Künstler oder Päpste. Es geht schlichtweg um eine Koordinate. Jedes Schachfeld ist definiert durch einen Buchstaben und eine Zahl. G7, E1, F3… Unser Botticelli steht lediglich für ein simples B, so wie man Anton, Cäsar oder Ludwig sagt, wenn man am Telefon jemandem etwas korrekt buchstabieren möchte."

Josh dachte, kerzengerade auf der Sofakante sitzend, mit.

„Und Papst Sixtus ist für uns nicht als Würdenträger von Bedeutung, sondern er steht für das, was sein Name in der Übersetzung bedeutet: Sixtus, der Sechste. Ergibt B6. Klingt nicht schlecht. Aber auf welches Schachbrett bezieht sich diese Koordinate?"

Für mich war auch dieses Rätsel bereits gelöst.

„Das Schachbrett, das gemeint sein muss, das einzige, das gemeint sein kann, haben wir eben auf einer vergilbten Schwarzweißfotografie gesehen." Den Unflat hob es aus dem Sessel. Er hatte ebenfalls alles begriffen.

„Leck mich am Arsch! Steht das Ding immer noch auf eurem Speicher?"

Eine halbe Stunde später befanden wir uns auf dem staubigen Dachboden des kleinen Häuschens meiner Großeltern. Wir zogen die Abdeckplane von dem alten Schachtisch herunter und räumten einiges an Gerümpel zur Seite, um Platz zu schaffen. Das Licht der kleinen Dachluke reichte aus, um die 64 Felder des Spielfelds hinreichend zu beleuchten.

Wer auch immer dieses kunstfertige Mobiliar gezimmert haben mochte, besaß den erlesenen Geschmack und den nötigen Einfallsreichtum, sein Werk in eine weiße und eine schwarze Hälfte aufzuteilen. So konnte der Spieler entweder auf dem weißen Stuhl in der weißen Hemisphäre Platz nehmen oder von der schwarzen Seite aus spielen. Durch diesen Kunstkniff bildeten der Tisch, die Spielfiguren und der jeweilige Spieler eine strategische Einheit.

Vorsorglich hatte ich ein Stemmeisen und einen kleinen Hammer mitgebracht. Dann sah ich mir mit kritischem Blick das Spielfeld an. B6 sah aus wie immer. Ein Feld wie die dreiundsechzig übrigen auch. Wer hätte je die Kühnheit besessen im Kellergewölbe des besagten Quadrats einen Gegenstand zu vermuten, für den Menschen bereit waren zu Töten.

Ich setzte das Stemmeisen zielgenau an den Rand des besagten Feldes. Unser Plan bestand darin, B6 so lange aufzustemmen bis wir unter Jubelschreien eine epochale Entdeckung getätigt hätten.

Aber ich zögerte, brachte es einfach nicht übers Herz, dem geliebten Möbel Gewalt anzutun. Die Klinge des Stemmeisens immer noch einige Millimeter über der

Tischplatte schweben lassend, fragte ich mich ferner, wie mein Großvater es geschafft haben sollte aus einer derart perfekten Einlegearbeit ein Feld zu entfernen und passgenau wieder einzufügen. Aus handwerklicher Sicht schien mir dieser Gedanke völlig absurd. Ganz zu schweigen von der alten Lackschicht, die sich lückenlos und unverletzt über die Oberfläche zog. Die Tischplatte selbst war allerdings gute zehn Zentimeter stark und somit wäre ausreichend Platz vorhanden, um etwas in ihrem Inneren zu verstecken. Grübelnd trat ich einen Schritt zurück und blieb einige Sekunden schweigend vor dem Tisch stehen. Meine beiden Gefährten schwiegen ebenfalls. Sie spürten offenbar, dass etwas in mir brodelte.

Und tatsächlich kam mir plötzlich eine fast vergessene Person in den Sinn. Unser Auersbacher Schreinermeister, der alte Merseberger. Äußerte er nicht einmal die Vermutung, der Schachtisch könne ein Werk aus der Manufaktur David Roentgens sein? Die weltberühmte Werkstatt produzierte vor 200 Jahren ihre begehrten Möbel in Neuwied am Rhein...

Als der alte Handwerksmeister mir damals seine Theorie anvertraute, erinnerte ich mich sogleich an einen Schulausflug, den wir in der achten Klasse mit der Werkgruppe in das Roentgen-Museum unternommen hatten.

Der europäische Hochadel ließ im 18. Jahrhundert bei Roentgen das kostbarste Mobiliar seiner Zeit fertigen. Der gefeierte Kunstschreiner ersann irrwitzige Produktionen, hölzerne Rokoko Paläste, deren Intarsienarbeiten das Äußerste darstellten, was handwerklich ausführbar war. Die markanteste Eigenschaft dieser Möbel bestand jedoch in der technischen Raffinesse ihres maschinellen Innenlebens. Da bewegten sich beim Schließen die Schubkästen horizontal, vertikal und wenn es sein musste auch über die Schräge in alternative Positionen. Am meisten beeindruckten uns Schüler aber die trickreich eingebrachten Geheimfächer. Gerade durch seine Geheimfächer wurde Roentgen zu einem Liebling des Hochadels, da im feudalistischen Zeitalter ein jeder etwas zu verstecken hatte.

Daran dachte ich nun. Und während meine Überlegungen Form annahmen, hob ich langsam den Blick zu meinen beiden Kumpanen.

„Mit dem Stemmeisen können wir uns immer noch austoben, lasst uns vorher etwas anderes versuchen."

Ich ging zu dem verstaubten Werkzeugschrank, der neben der Treppe an der Speicherwand stand und kramte darin solange herum, bis ich zwei Zollstöcke gefunden hatte.

Das eine Metermaß gab ich meinem alten Freund und wies ihn an, auf einem der beiden Throne Platz zu nehmen. Mit dem anderen kletterte ich unter den Tisch und schaltete die Taschenlampe ein, die ich für unsere Expedition eingesteckt hatte. Ich verschaffte mir zwischen Spinnweben und kleinen Staubwolken etwas Orientierung und dann wusste ich was zu tun war.

„Wie viele Zentimeter ist B6 von deiner Tischkante entfernt?", fragte ich nach oben.

Ich hörte wie der Unflat den Zollstock eilig auseinander klappte und die Maßzeichen auf dem Tisch positionierte. Dann folgte umgehend die Antwort. „22 Zentimeter bis zur Mitte des Feldes."

„Und von der Seitenkante. Von dir aus links?"

„74 Zentimeter."

Ich hatte mit dem Stemmeisen eine kleine Kerbe bei der

ersten Koordinate gemacht. Nun verband ich die beiden Angaben und kam zu jenem Punkt auf der Unterseite, der B6 genau gegenüberlag. Im Schein der Taschenlampe erkannte ich filigrane Streben auf der Unterseite der Tischplatte. Sie verliefen von links nach rechts zwischen den beiden tragenden Seitenteilen. Diese Verstrebungen waren offensichtlich ästhetisches Blendwerk, ohne jeden praktischen Nutzen. Aber warum sollte man hier unten einen aufwendigen Fassadenschmuck anbringen, wo doch dieser Bereich jenseits aller Blicke lag? Die Hauptstreben, die über die gesamte Länge der Unterseite liefen, wurden durch gelegentliche Zierstreben verbunden. Auch an dem eben ermittelten Kontrapunkt zu B6 war eine solche Zierstrebe angebracht.

„Bist du da unten eingeschlafen oder spielst du dir an der Nudel rum? Mir platzt hier gleich die Hose vor lauter Aufregung und unterm Tisch wird geschwiegen auf Teufel komm raus!"

Es war natürlich nicht Josh der da gesprochen hatte.

„Nur die Ruhe, mein lieber Freund", sagte ich geistesabwesend.

Ich setzte meinen Daumen auf den taktisch ermittelten Zierstreben und drückte so fest ich konnte. Nichts passierte. Dann nahm ich den Hammer zur Hand, fasste ihn am Hammerkopf und drückte die Unterseite des Stiels auf den Zierstreben. Wieder passierte nichts. Ich drückte noch einmal mit aller Kraft auf den besagten Punkt; und dann gab er nach. Mit einem plötzlichen Ruck versank nicht nur der Streben, sondern mit ihm auch die umliegende Fläche. Die versenkte Ebene bot nun Zugang zu einem flachen Hohlraum.

Ich leuchtete mit meiner Lampe hinein, konnte jedoch nichts erkennen.

Das geheime Souterrain der Tischplatte war gerade groß genug, um mit der flachen Hand hinein greifen zu können. Tastend erkundete ich das Geheimfach und zog endlich unsere epochale Entdeckung heraus. Einen kleinen Zettel auf dem nichts weiter stand, als eine zehnstellige Zahl.

Kapitel 26

Das Ende der Welt

August 1988

Noch auf dem Speicher wanderte der Zettel von Hand zu Hand. Keiner von uns konnte sich einen Reim auf diese nichtssagende Botschaft machen. Nach einigen ratlosen Augenblicken war es dann das scharfe Sehvermögen meines alten Freundes, das eine feine farbliche Nuance auf dem Papier erkannte. Er rannte zum Fenster, hielt den Zettel ins matte Sonnenlicht und rief: „Hier steht noch etwas! Ein Aufdruck, der über die Jahre fast völlig verblichen ist."

Zurück in Unflats Wohnung untersuchten wir das Papier mit einer Lupe. Zu sehen war, wenn auch sehr schwach, das Logo und die Anschrift eines Schweizer Bankhauses. Die Druckfarbe hatte sich während der vergangenen Jahrzehnte weitgehend zersetzt. Die Graphitspur des Bleistifts hingegen, mit dem vermutlich ein Bankangestellter die zehn Ziffern aufs Papier geschrieben hatte, war klar und deutlich zu lesen.

„Wir kennen die Adresse des Instituts und wir verfügen über eine zehnstellige Nummer, die vermutlich zu einem Bankschließfach gehört. Denn der Auftrag meines Großvaters lautete bekanntlich, einen Koffer in einem Bankhaus zu deponieren. Aber reicht uns die Nummer? Können wir nun einfach in diese Bank marschieren und um Einsicht in ein bestimmtes Depot bitten?", fragte ich ratlos. Denn außer der Inbetriebnahme eines Girokontos hatte ich nie etwas mit dem Bankwesen zu tun gehabt.

„Lass es uns doch ausprobieren", sagte Josh grinsend.

Die Schweiz lag in Reichweite. Eine fünfstündige Autofahrt genügte, um die Alpen zu sehen. Des Rätsels Lösung, oder sagen wir besser, jener nicht unbedeutende Teil der Lösung, der uns zu einem noch größeren Geheimnis führen sollte, ereilte uns an einem Samstagnachmittag. Die Schweizer Banken würden nicht vor Montagmorgen öffnen. Also blieb uns der Rest des Tages, um unseren Fund gebührend zu feiern.

Nachdem der vergilbte Zettel des Schweizer Bankhauses in einem weiteren Produkt der Geldwirtschaft, nämlich in meinem Portemonnaie, sicher deponiert war, machten wir uns auf den Weg zur Auersbacher Tankstelle.

Diese liegt – idyllisch platziert – gleich unserem gepflegten Friedhof gegenüber. So können sich die Pilger noch rasch mit Alkohol und Zigaretten versorgen, bevor sie den langweiligen Toten einen öden Besuch abstatten.

Wir betraten fröhlich lachend den Verkaufsraum, um einige Sechserpackungen Bier und sonstigen Proviant zu erwerben. Wenig später parkte ich meinen Capri auf einer kleinen Wiese am Rand der Ortschaft, und zwar dort, wo die schon lange stillgelegte Bahnlinie unseren Ort berührte.

„Wo gehen wir hin?", fragte Josh, während er das erste Bier seiner Sechserpackung öffnete.

Die Frage war berechtigt, denn vor uns lag nichts als unberührte Natur, rostige Gleise und ein sehr ausgiebiger Fußmarsch.

„Zum Ende der Welt", antwortete ich dramatisch.

Josh zuckte mit den Schultern und sagte: „Okay! Da wollte ich immer schon mal hin. Immerhin ein weltbekannter Ort, den jeder vom Hörensagen kennt."

Josh gefiel mir. Er zeigte mit jeder neuen Stunde mehr Humor.

Wir folgten den einsamen Bahngleisen in das wuchtige Geflecht des Waldes. Zunächst durch ein enges Tal, zu dessen Seiten mit Buchen bestandene Basaltberge steil aufragten. Dann, während sich das Land im Ganzen langsam hob, wichen die Buchen einem dichten Kiefernwald, der sich über die Bergrücken zog. Ab und zu bleckte darin ein Felsen hervor, der sich flechtenbewachsen durch die Baumkronen streckte.

Die Luft war feucht und warm. Gigantische, purpurfarbene Wolken stürmten am Himmel lückenlos ineinander und das würzige Aroma des Waldes begleitete uns bei jedem Schritt. Inmitten dieser grandiosen Kulisse wanderten wir nun Kilometer für Kilometer weiter.

An seinem achtzehnten Geburtstag, es war ein heißer Tag im Hochsommer, überreichte man meinem Freund Unflat den Kfz-Führerschein. Das gewichtige Papier sicher im Geldbeutel deponiert, rannte er sogleich zum Wagen seines durch Suff und Rock 'n' Roll frühzeitig verstorbenen Vaters, um zuerst im Supermarkt einen Kasten Bier und etwas später seinen Freund Konrad Gerstenberg einzuladen. Der Inhalt des Bierkastens wurde während der nun folgenden Fahrt fröhlich und völlig bedenkenlos dezimiert, weswegen es kein Wunder war, dass der junge Unflat die Kurve, weit draußen auf der Landstraße, in ihrer Biegung falsch erfasste, die Geschwindigkeit des Wagens also nicht in angemessener Weise reduzierte, sondern vielmehr von den pulsierenden, satanischen Kräften, die unter jeder Motorhaube lauern, zur Maßlosigkeit gereizt wurde.

Kurzum, der Wagen wurde ohne jede physikalische Gnade aus der Kurve getragen. Wir überschlugen uns mehrfach und kamen schließlich gut durchgeschüttelt in einem bis zur Unkenntlichkeit deformierten Wrack auf schiefen Rädern zum Stehen. Kaum stand der Wagen wieder in der Horizontalen, blickte der Unflat zu mir herüber und erkannte, dass die Gurte uns das Schlimmste erspart hatten. Mit leicht zitternder Stimme sagte er dann, wobei seine Sonnenbrille ihm schräg über der blutenden Nase hing: „Scheiße! – Don´t drink and drive!"

Von dem durch meine Adern pochenden Adrenalin auf Droge gesetzt, musste ich über seinen Kommentar leicht hysterisch lachen. Dann stieg ich mit schlotternden Knien aus dem Schrotthaufen, um mir erst einmal eine Zigarette auf mein noch vorhandenes Leben anzuzünden. Mit etwas Mühe konnten wir den Unfallverursacher, also den unseligen Kasten Bier, aus dem ramponierten Kofferraum befreien und schleppten ihn auf die Straße hinauf. Dort beabsichtigten wir – als vom Schicksal gezeichnetes Trio – umgehend nach Hause zu trampen.

Es war allerdings wenig los auf der Landstraße, weswegen wir unseren Kehlen ein Verschnaufbier zukommen ließen. Rücken an Rücken saßen wir schweigend und biertrinkend auf unserem Getränkekasten und warteten geduldig auf eine Mitfahrgelegenheit. Ein Motorengeräusch deutete nach einer guten halben Stunde einen sich nähernden Wagen an. Dies veranlasste mich bierselig und eher beiläufig, denn wir hatten keinen Grund zur Eile, den Daumen zur Straßenmitte zu neigen. Ein kurzes Reifenquietschen folgte. Dann eine tiefe Stimme. „Geht ihr mit eurem Bierkasten Gassi, oder was?" Ein Lachen.

Der Unflat antwortete ausnahmsweise ganz ununflätig.
„Wir hatten ein kleines Missgeschick mit dem Auto.
Können Sie uns bis zum nächsten Ort mitnehmen?"
„So weit nicht! Ich fahre nur bis zum Ende der Welt."
Jetzt sah ich mir den Ankömmling genauer an. Es war ein
vollbärtiger Mann mittleren Alters, der obenrum nur eine
schwarze Lederweste trug. Ein kräftiger tätowierter Arm
lehnte lässig aus dem geöffneten Fenster. Er sah aus wie
ein typischer Biker. Allerdings in einem Jeep, statt auf der
obligatorischen Harley.
„Aber wenn ihr wollt, könnt ihr mitkommen und euch
von da ein Taxi rufen."
„Zum Ende der Welt?", rief der Unflat skeptisch.
„Ist das irgend so eine sektenmäßige Veranstaltung für
geistesgestörte Arschgeigen, oder was?"
Der Auto-Biker lachte.
„Ihr Keulen gefallt mir! Ne, das Ende der Welt ist eine
Kneipe. Kennt ihr die nich?"
Ne, die kannten wir nich. Wie auch. Sie lag mitten im
Wald. Völlig abgelegen. Nur für Eingeweihte auffindbar.
Von denen gab es allerdings eine Menge, wie sich später
herausstellen sollte.
Der „Höldi", der von diesem Tag an unser Freund war
und der in entfernter Linie mit dem berühmten Dichter
Hölderlin verwandt sein wollte, nahm uns Frischlinge also
mit in die wildeste Hard Rock Kneipe in ganz Elderswalde.
Wir fuhren und fuhren. Irgendwann bot sich die Gelegen-
heit, von der Landstraße auf einen Waldweg abzubiegen.
Diesem folgten wir bis zu einer weitläufigen Lichtung.
Hier stand ein altes Posthaus mit einem großen Lager-
schuppen, welchen man zu einer Gastwirtschaft umfunk-

tioniert hatte. Einige Dutzend Motorräder und ebenso viele Autos, zum größten Teil Geländewagen, parkten hier wild auf dem umliegenden Terrain. Dies war der erste Tag in unserer zukünftigen Stammkneipe mit dem überaus passenden Namen *Das Ende der Welt*.

Josh, der Unflat und ich wanderten weiter. Wir folgten den rostigen Gleisen. Mittlerweile schon wohlig angefeuert durch die ersten Bierflaschen, deren Konsum elegant und professionell von statten gegangen war. Das angenehm schwüle Wetter, unablässig durchzogen von einer leichten Brise, umspülte uns mit träger Gelassenheit. Die Gewitterwolken türmten sich über uns, wie die Gewölbe gotischer Kathedralen. Es war ruhig geworden. Selbst das Vogelgezwitscher verstummte langsam.

Dann spuckte uns der Kiefernwald aus und wir standen vor dem Elderbruch, dem größten Talkessel der Region. Der Boden schien vor uns ins Nichts abzusinken. Tief unten sah man das mit Wildgras und Ginster bewachsene Tal, in dem ein kleiner, sanft gewundener Fluss hellblau schimmerte. Die Gleise führten uns weiter auf ein kurioses Bauwerk. Eine unglaubliche Eisenbahnbrücke. Ein wahrhaftiges Montrum der Architektur.

Josh staunte: „Was zum Henker ist das?"

Die gewaltige Eisenbahnbrücke, die wir soeben betraten, war weniger eine Überführung, als vielmehr eine gotische Ruine. Josh lief ungläubig voran, so wie auch ich es bei meiner ersten Brückenbesichtigung getan hatte. Er sprang auf die Brüstung, umklammerte die Säulenfigur des Erzengel Gabriel, die, wenngleich üppig bemoost, immer noch Ehrfurcht gebietend und meterhoch als Brückenwächter diente. Zu beiden Enden der Brücke schlossen Torbögen die Überführung ab, als sei sie nicht nur ein Streckenabschnitt der alten Reichsbahn, sondern vielmehr ein sakraler Monumentalbau am falschen Ort.

Josh lief hin und her und rief immer wieder ungläubig: „Was zum Henker ist das?"

Er war Architekt. Für einen Fachmann mochte diese Brücke noch eine Spur beeindruckender sein, als für einen Kunsthistoriker, wie den guten – mittlerweile schon angenehm angetrunkenen – Konny Gerstenberg.

Ich sah hinauf zum schwülen Firmament und dachte an meinen Cousin Benno. Mein kleiner Benno, der mir die Brücke einst zeigte und erklärte. Benno. Ein Künstler reinsten Wassers. Und wie alle wahrhaftigen Künstler kam und ging er, ohne dass die Welt ihn verstehen konnte.

Kapitel 27

Die Ausgeburt der Hölle

August 1988

Das Bauwerk spannte sich über sieben gewaltige Pfeiler in fast zweihundert Meter Länge über das Tal. Die über weite Bögen gespannten vier Hauptsäulen verjüngten sich gute fünfzig Meter in die Tiefe, wo sie auf Basalt, Wildgras und Ginster trafen.

Das Gleis schien schon von Anbeginn ein beiläufiger Nutzer der Brücken gewesen zu sein. Schmal und wie nur zu Besuch lag es dezent im Schotter des Schienenbetts. Die Brüstung, links wie rechts, wurde an den Außenseiten von Wasserspeiern bewehrt, wie man sie sonst nur an gotischen Kathedralen findet. Im Zentrum der Brücke erhob sich ein Turm, dessen Fundament zu beiden Seiten die Flucht der Brüstung um einige Meter überragte. Die Schienen führten unter einer bogenförmigen Durchfahrt mitten hindurch. Das Dach des Turms ragte spitz in den Himmel. Der Turm wirkte, wie so vieles an diesem seltsamen Bauwerk, völlig unsinnig und ohne jeden praktischen Nutzen. Der Unflat zeigte Josh die versteckte kleine Treppe, die zum Dach des Turmes führte, dessen Dachluke den besten Blick über das Tal bot.

Jedem denkenden Menschen musste sich hier die Frage stellen: Was zum Henker ist das? Und ohne jeden Zweifel wäre diese kuriose Überführung längst eine touristisch erschlossene Raffinesse mit Postkartenbude und Schnellrestaurant, wäre nicht unser Landstrich so ungemein abgelegen, wäre nicht unser Fremdenverkehrsamt ein ständig besoffenes Einmannunternehmen, wäre nicht die Geschichte hinter dieser gotischen Missgeburt so tragisch, dass man sie lieber in den Nebeln der Wälder verschwinden lassen wollte.

„Hast du eine Erklärung für dieses Ding hier?"
Josh war von dem luftigen Turmdach zurückgekehrt und stand nun, beide Arme weit erhoben, vor mir auf dem Schotterbett.

Der Augenblick schien günstig für eine kleine Rast. Daher stellte ich den Rest meiner Sechserpackung ab und setzte mich auf eine Schwelle zwischen den Gleisen.

„Eine Erklärung habe ich nicht, wohl aber eine abenteuerliche und in weiten Teilen auch traurige Geschichte. Wenn du sie hören magst, will ich sie dir gerne erzählen."
Josh nahm auf dem Gleis zu meiner Linken Platz.

„Ich kann mir keinen besseren Ort für eine abenteuerliche Geschichte vorstellen, als diese betörende, phantastische, unglaubliche Brücke."

Auch der Unflat kam nun herbei und setzte sich zu uns. So saßen wir in einem kleinen Kreis beisammen und ich begann ruhigen Wortes, ohne Angst vor der ein oder anderen plauderhaften Ausschmückung, meine Erzählung. Und da unsere Sitzung unter einer himmelstürmend theatralischen Kulisse stattfand, wählte ich für meine Einleitung Worte, so dramatisch und schwül, als entsprängen sie den Seiten eines amerikanischen Groschenromans.

„Dies, meine lieben Wandergesellen, meine vielfach gesegnete Zuhörerschaft, ist die Geschichte von der gotischen Brücke und meinem lieben Cousin Benno... Moment mal! Ich nehme noch einen guten Schluck Bier, dann erzählt es sich besser… Also… Und damit will ich sagen: So wie auf der immergrünen Insel Irland – eingebettet in den wogenden Atlantik – ein jeder schreiben und dichten muss, so fühlt sich auch manch einer in Elderswalde dem Schreiben und Dichten verpflichtet, als wäre dies so selbstverständlich wie das Atmen selbst. Der viele Regen und das Übermaß an Grün macht uns kirre und wirft uns die Geschichten ins Gemüt. Aber die Iren, so sagt man, saufen weniger und leben insgesamt gesünder. Auch werden sie im Schnitt deutlich älter als wir, wie jede anständige Statistik belegen kann. Das mag an der guten Atlantikluft liegen. Ich gönne es den Iren. Ich mag die Iren. Und ich glaube, alle Iren könnten bei uns in Elderswalde glücklich werden und sie würden lediglich das ungestüme Rauschen der rauen See vermissen…"

Der Unflat spuckte nicht nur einen guten Schluck Bier, sondern ebenso verschwenderisch ein schnaufendes Lachen aus.

„Scheiße! Was laberst du denn da? Wie kommst du denn plötzlich auf die verfickten Iren? Hast du in letzter Zeit irgendeine Reisedokumentation im Dritten gekuckt, oder was? Bildungsfernsehen macht doof! Schon vergessen? Ich muss doch um etwas mehr Ernsthaftigkeit bitten. Sonst springe ich über das Brückengeländer und ihr könnt den Rest des Tages damit verbringen, meine verschmierten Knochen vom Erdboden zu kratzen, ihr Wichser."

Um mein Einverständnis zur Mäßigung anzudeuten, vollführte ich eine leichte Verbeugung, fuhr aber dann, ohne die ehrliche Absicht einer verbalen Kurskorrektur – ich war, bitteschön, schon angenehm betrunken – fort.

„Also, es war einmal, meine lieben Zuhörer, meine sehr

verehrten Arschgeigen, hochverblödetes Publikum..."
Die Jungs lachten und ich musste – obwohl ich doch theatralisch ernst bleiben wollte – eine Weile mitlachen. Aber ich fing mich rasch wieder und fuhr mit ernster Miene fort.

„Es war einmal mein lieber guter Benno. Und während er so da war, erzählte er mir irgendwann die folgende Geschichte.

Eines Tages im August – trauriger Tag, schauriger Tag – da war ich wieder einmal alleine zu Hause und fühlte mich so elend und einsam, wie ein davongejagter Hund. Schlimm genug. Aber hätte es an diesem Tage nicht Elefantenpisse vom Himmel gegossen, wäre ich wohl kaum, auf der Suche nach etwas Zerstreuung, in die Bibliothek meines Vaters gegangen.

Dort stieg ich die Rollleiter bis zur Decke hinauf, zu den kaum gelesenen Büchern in den oberen Reihen. Und dann begann das Grauen. In dünner Höhenluft angekommen griff ich einfach ins Blaue und packte mir ein verstaubtes, in Schweineleder gebundenes Buch. Mit diesem Griff, wie ich später erkannte, begann die Tragödie. Weil sich eins zum andern fügen muss und nichts ohne Folgen bleiben kann. Ja, schon die erste gotische Kathedrale warf ihren Schatten in die Gegenwart. Und ich armer Tor stand plötzlich mittendrin, im Bühnenspiel einer ebenso grotesken wie grausamen Inszenierung.

Es war einmal...

So stand dort zu lesen... Also ich meine jetzt in dem Buch, das der arme Benno aus dem Regal gegriffen hatte. Ich muss um Konzentration bitten, meine lieben Brückengäste! Ihr müsst schon aufpassen. Nur weil wir so bequem auf den Schienen sitzen, darf es sich der Verstand nicht bequem machen. In dem Buch stand also die berühmteste aller Einleitungen zu lesen: Es war einmal...

Es war einmal ein Baumeister im alten Kaiserreich. Er lebte in einer schönen kleinen Stadt in der beschaulichsten Provinz und in dieser Stadt gab es zahlreiche Kleinodien der Baukunst. Aber es gab dort ebenso niemanden, der den Baumeister nicht für verrückt gehalten hätte. In sich versunken lief er alle Tage durch die Gassen seines Viertels, innerlich die kühnsten Bauwerke errichtend, während die Kinder spottend hinter ihm herliefen und seinen gebeugten Gang nachäfften.

Der Baumeister liebte alle Künste, vor allem aber liebte er die Malerei. Und hier liebte er mit sehnsüchtiger Hingabe die Bilder von Caspar David Friedrich. Dessen mit metaphysischer Kraft gepinselten Sujets; und wiederum hier liebte er die sakralen Bauten, die Ruinen im Wald. Ja, wie alle Romantiker liebte er das Mittelalter und dessen geistige Neigung zur Mystik.

Der Baumeister war ganz von dem Wunsch durchdrungen, in den Wäldern seiner Heimat eine gotische Kathedrale zu errichten. Jedoch lebte unser Architekt in einer Zeit, in welcher der rechte Glaube allenthalben bröckelte. Und so wollte niemand an seinen Träumen teilhaben. Langsam und schleichend sickerte daher der Lebensekel in den armen Mann und er begann die Welt zu hassen.

Eines Tages bat ihn ein mächtiger Industriebaron um die Errichtung einer Eisenbahnbrücke. Wie gewaltig mag das Glück des Baumeisters gewesen sein, die Brücke über ein Tal spannen zu dürfen, dessen weitläufige Basaltberge er schon als Kind durchwandert hatte. Ja, es war ein Bauvorhaben im

Tal seiner Kinderträume. Und seine Kinderträume waren von katholischer Bilderpracht und religiöser Vieldeutigkeit. Vom katholischen, vom architektonischen und vom wesenseigenen Wahnsinn getrieben, brütete der Baumeister nun darüber nach, wie hinreichend Macht zu gewinnen sei über den Industriebaron. Der große Industrielle musste gefügig gemacht werden, um nicht nur den Bau einer Brücke, sondern vielmehr den einer gotischen Kathedrale zu finanzieren.

Ein Mann der entschlossen genug ist kann alles erreichen! So heißt es im Märchen. Und manchmal trifft diese brutale Aussage auch im wirklichen Leben zu. Der listenreiche Baumeister umwarb nun die Tochter des Industriebarons. Denn glücklicherweise, ganz glücklicherweise, war die Tochter seines Auftraggebers alles andere als schön, ausgesprochen füllig und zudem noch sehr einsam.

Es dauerte nicht lange und die Vermählung wurde bekannt gegeben. Die Ehe begann und verlief jedoch – betrüblicherweise – ganz ohne die Zuneigung des Gatten, denn unser Baumeister war ein Mann, der nach den Liebesgaben einer Frau kein Verlangen verspürte.

Der Architekt war aber nun in der Lage, den lieben Herrn Schwiegerpapa für die Finanzierung seines absurden Bauvorhabens gefügig zu machen. Allerdings – o Not und Grausamkeit – mit jedem Stein, mit jeder Schicht Mörtel, mit der die Brücke wuchs, schwand der Lebenswillen der armen, fülligen und einsamen Gemahlin des Baumeisters.

Weswegen man sie am Tag vor der Brückenweihe, die als große Feierlichkeit geplant war – mit Orchester, Schaustellern, Honoratioren geistiger und weltlicher Art – weswegen man sie also an jenem Tage mit aufgespießtem Herzen fand.

Von oben, ein Baugerüst stand noch, hatte sie ihren Leib in das Schwert des Erzengels Gabriel gestürzt, der meterhoch den südwestlichen Brückenkopf bewachte.

In namenloser Trauer um seine einzige Tochter, so unschön, füllig und einsam sie auch gewesen war, erließ der Industriebaron: Niemals solle ein Zug über dieses grausige, abartige Bauwerk fahren. Die Strecke, soeben erst fertig gestellt, wurde – nach einer lautstarken Auseinandersetzung mit dem Reichsbauminister – still gelegt und eine alternative Zugverbindung geplant und in Gleisen verlegt.

Den Baumeister aber, den strengkatholischen Verursacher allen Übels, trieb der Schrecken über das furchtbare Ende seiner Gemahlin zurück in die Realität. Und diese führte ihn zum Wesenskern aller katholischen Bildung: dem Schuldgefühl.

Es schien ihm nicht möglich mit seiner Schuld zu leben und so verschwand er für immer und ohne jede Spur. Manche sagten, er habe sich lebendig in die Brücke einmauern lassen. Andere meinten, er sei ins Ausland gegangen. Kurzum, das steinerne Monstrum blieb allein und vergessen im Wald zurück.

Und wurde vom Tourismus nie entdeckt! Es ist kaum zu verstehen, wie ein bizarres, monumentales Bauwerk, eine abartige architektonische Phantasie dieses Schlages in Vergessenheit geraten konnte. Sicher, die Brücke steht in unzugänglicher Abgeschiedenheit und außer dem zuständigen Förster kommt hier niemand vorbei (und wie wir alle wissen: Förster, sofern sie echte und richtige Förster sind, können eine gotische Kathedrale nicht von einem Schrebergarten unterscheiden). Aber im Grunde will ich nicht von der Brücke und ihrer absonderlichen Entstehungsgeschichte erzählen, sondern von dem Mädchen auf der Brücke und wie mein kleiner Fänger im Roggen, der gute Benno, sie dort fand und auf fürchterliche Weise wieder verlor.

Noch ein letztes Mal: Es war einmal... irgendwann im August...

Schauriger Tag, trauriger Tag. Mein Cousin hatte das alte Heimatbuch, in dem die Brücke mit verheißungsvollen Worten erwähnt wurde, aufmerksam studiert und machte sich noch am selben Tag auf den Weg, um das rätselhafte Bauwerk zu suchen. Was mag er wohl gedacht haben, als er zum ersten Mal auf diesem monströsen Bauwerk stand? Geisterbrücke nannte Benno das steinerne Monstrum. Nun ja, kein sonderlich origineller Name, wie mir der kleine Benno, den Blick auf seine Schuhe gerichtet, damals sagte. Aber dennoch treffend, wie sich herausstellte. Denn abgesehen von einigen Gespenstern war er der einzige, der sich auf diesem gigantischen Bauwerk herumtrieb. Bis... Ja, bis eines Tages dieses Mädchen auftauchte.

Und jetzt beginnt das Drama! Denn jedes Drama beginnt mit einer Frau!

Sie kam ab und zu – immer allein – und stand oft stundenlang an der Brüstung. Der arme Benno ging nie hin, wenn sie da war. Er wollte sie angeblich nicht stören. Ach was, er traute sich natürlich nicht. Er war zu schüchtern.

Aber manchmal, wenn er alleine auf der Brücke stand, hatte er das Gefühl, als ob sie ihn ebenfalls aus der Deckung heraus beobachtete. Auf jeden Fall beschäftigte das Mädchen seine Phantasie, lange Zeit. Doch dann kam der Tag der Katastrophe, wie mir Benno später berichtete.

Eines Morgens flatterte die Heimatzeitung zur Tür herein.
Auf dem Frühstückstisch liegend gab sie dann kund, dass
das Mädchen auf der Brücke nie wieder an der Brüstung
lehnen würde und dass meine Träume, die zögerlichen, nun
allesamt über die Klinge und in den Abgrund gegangen
seien... Und dass ich, der Benno Nichtsnutz, unter allen
ungeheuerlichen Idioten, der ungeheuerlichste wäre... Das
stand so in der Zeitung und weil es dort stand, war es wahr
und weil es wahr war, wollte mir der Morgenkaffee nicht
mehr durch den Schlund und das Brotmesser blieb in der
Butter stecken...
Ein Förster hatte sie gefunden. Laut einem Zeitungsbericht
fand er sie unter einer Eisenbahnbrücke im Hattenrother
Forst. Er hatte das Mädchen quer durch den Wald, zwei
Stunden lang, bis zum nächsten Bauernhof geschleppt."

Meine beiden geduldigen Zuhörer waren, weitgehend
schweigend, meiner kleinen Erzählung gefolgt. Der Unflat
kannte die Geschichte natürlich seit langem, hörte ihr aber
immer wieder gerne zu. Ich kramte einen Zettel aus meinem Geldbeutel und zeigte ihn Josh.
„Benno gab mir dieses Stückchen Papier zum Abschied
nach unserem letzten gemeinsamen Kneipenbesuch beim
Keiler. Im Halbdunkel vor der steinernen Treppe steckte
er mir den Fetzen zu und sagte: *Damit was übrig bleibt.*
Das waren die letzten Worte, die ich von meinem kleinen
Cousin zu hören bekam. Denn die Wirtshaustür des Keilers flog plötzlich polternd auf. Heraus stürzten der junge
Unflat und einige andere besoffene Kneipenbesucher. Sie
strömten lauthals auf mich zu. Als ich wieder nach meinem
Cousin Benno schauen wollte, war er verschwunden.

Danach habe ich ihn nie wieder gesehen. Er verschwand ohne jede Spur." Josh sah mich erstaunt an.

„Einfach so? Und du weißt wirklich nicht, wo dein Cousin abgeblieben ist?"

„Wir haben keinen, nicht den allerkleinsten Hinweis über seinen Verbleib gefunden."

Der Unflat schaute nach oben in die Wolkenberge und bemerkte kühl:

„Nun ja, ein bisschen seltsam war der olle Benno schon immer gewesen. Wahrscheinlich hängt er irgendwo im endlosen Wald an einem morschen Ast und seine Gebeine klappern im Wind."

Dieser Gedanke war leider nicht abwegig, wie ich zugeben musste.

„Das könnte sein. Aber ich möchte euch vorlesen, was hier auf dem Zettel steht. Hier stehen einige Verse, die dem Mädchen auf der Brücke gewidmet sind. Ob das Gedicht nun etwas taugt oder nicht, möchte ich nicht beurteilen. Ich genieße die Worte einfach. So wie ein Kind, dem man seine Lebensfreude noch ohne Einwände gönnt."

Kapitel 28

Gotischer Frieden

August 2018

Die letzten Zeilen las Max mit leiser Stimme vor und so tief in Gedanken versunken, dass er nicht merkte, wie seine letzten Worte in einer leichten Windböe, die lau und warm über die Gräber strich, fast untergingen.

Nach einer kurzen Zeit des Schweigens ergriff Max mit einem breiten Lächeln zunächst sein Glas und dann erneut das Wort.

„So – und jetzt kommt das Gedicht von dem Mädchen auf der Brücke. Darauf habe ich mich schon den ganzen Abend gefreut. Der poetische Höhepunkt unserer kleinen fidelen Friedhofsfeier."

„Halt, warte bitte kurz!" Marie-Claire spürte mittlerweile deutlich den Alkohol, der wärmend durch ihre Adern floss. Wenn die Lesung letztlich zu ihrem Ende kam, würde sie sehr betrunken sein. So wie jedes Jahr an diesem Tag. Schwankend würde sie den Friedhof verlassen und am nächsten Morgen wäre die Erinnerung an den vorherigen Abend eine nebulöse Wolke mit Grabsteinen darin. Die Gnade der Gedächtnislücke. Sie lächelte unwillkürlich. Genau das verlieh ihrem Ritual den Zauber einer Zeremonie. Der Rausch. Das Vergessen. Die Möglichkeit, der immer neuen unverbrauchten Kontaktaufnahme zu einem Menschen, der gegangen war. Daher erschien ihr die zweite Hälfte der Lesung, wenn der Alkohol bereits in hoher Konzentration durch ihren Körper strömte und die

Wahrnehmung vernebelte, immer besonders magisch. Erinnerungsfragmente an die letzten Zusammenkünfte auf dem Friedhof vermischten sich mit Erinnerungen an die Zeit, als der Text des Manuskripts noch die Gegenwart widerspiegelte.

Um diese Magie zu erzeugen war ein Rauschmittel nötig. Ein Rauschmittel, das man glücklicherweise an jeder Tankstelle zu jeder Tages- und Nachtzeit legal erwerben konnte. Nach dieser kleinen Überlegung kehrten ihre Gedanken wieder zu dem letzten Kapitel der Aufzeichnungen zurück. Das Lächeln verschwand langsam aus ihrem Gesicht. Eine oft gestellte Frage drängt sich erneut auf.

„Warum hat Konny diesen Cousin erfunden? Es gab in unserer Familie nie jemanden namens Benno. Es gab in meiner ganzen Verwandtschaft niemanden, auf den die Beschreibung dieses dramatischen jungen Künstlers gepasst hätte."

Nachdem der Unflat seine ausgetrockneten Stimmbänder mit einem weiteren Schluck Whisky befeuchtete hatte, nickte er grinsend in Richtung des Grabes.

„Unverschämte künstlerische Freiheit! Für Konny waren diese Aufzeichnungen die Rohfassung eines Romans. Dafür war die Textsammlung gedacht. Aber er konnte sich offenbar nicht auf die reine Wiedergabe der Fakten beschränken. Das entsprach nicht seiner Natur. Konnys Phantasie schlug schon immer Kapriolen. Er legt mir ja auch in diesem Kapitel wieder Worte in den Mund, die ich nie gesagt habe. Und auch bei der Brücke hat er kolossal übertrieben. Sicher, die alte Eisenbahnbrücke über den Elderbruch ist beeindruckend in ihrer Größe und ihrer verwilderten Romantik. Aber es gibt dort weder einen

Turm, noch Standbilder von Erzengeln und schon gar keine gotischen Wasserspeier am Rande der Brüstung. Ich liebe dieses Kapitel trotzdem. Es ist die reine Phantasie, die sich hier geradezu magisch mit der Realität verbindet. Und umgekehrt. Die wunderbare Wanderung über die rostigen Gleise fand tatsächlich statt, ebenso unsere ausgedehnte Rast auf der Brückenmitte, mit all den teils skurrilen Gesprächen. Auch unser Besuch in der Hard Rock Kneipe ist authentisch, jedenfalls soweit ich mich daran erinnern kann. Ich habe keine Ahnung, wie wir von dort nach Hause kamen. Ich war bumsevoll an jenem Abend. Die Geschichten von dem verrückten Baumeister und eurem angeblichen Cousin Benno sind wirklich sehr merkwürdig. Aber bei dem Mädchen von der Brücke schwanke ich zwischen der Vermutung, dass sie frei erfunden ist oder dass es sie wirklich gab. Konny beschreibt das Mädchen mit großer Intensität und Hingabe. Und ein derart wundervolles und außergewöhnliches Gedicht, wie jenes das gleich folgen wird, schreibt man nicht ohne einen Gegenstand der Sehnsucht. Ich glaube, es gab dieses Mädchen. Und es gab eine Liebe oder zumindest eine Schwärmerei, von der er mir nie etwas erzählt hatte. Romantische Seelen können schweigend lieben. Müssen sie vielleicht sogar."
Marie-Claire nickte.
„Das mag sein. Das ganze Kapitel ist euphorisch niedergeschrieben und manchmal sogar überkandidelt und pubertär versponnen. Entweder hatte er etwas eingeworfen, bevor er sich an den Schreibtisch setzte, oder er war tatsächlich verliebt."
Sie lächelte plötzlich, von einem neuen Gedanken erheitert.

„Jedes Drama beginnt mit einer Frau. O ja... Ich glaube, er war tatsächlich verliebt. Unglücklich natürlich, aber verliebt...“

Der Unflat, jeder Sentimentalität von Natur aus enthoben, bemerkte kopfschüttelnd: „Wahrscheinlich irgendeine Tussi, die er aus der Ferne anschmachtete und in seiner romantischen Vorstellungswelt in eine griechische Göttin verwandelte. Aber viele griechische Göttinnen sind – und ich spreche da aus Erfahrung – bei näherer Betrachtung alles andere als göttlich und bisweilen sogar zickige, ultra egomanische Personen, mit restlos gestörtem Charakter.“

Dieser Verallgemeinerung wollte Marie-Claire nicht zustimmen und widersprach mit einem Blick, der schon in dem ein oder anderen Plenarsaal für eingezogene Schwänze gesorgt hatte. Auch den Unflat ließ dieser Blick nicht unbeeindruckt. Er hob abwehrend beide Hände und sagte: „Schon gut, schon gut! Männer sind suboptimal. Frauen auch. Und Kreise sind rund. Ich weiß, ich bin mit meiner Weltsicht so nüchtern, wie eine Nonne in der Fastenzeit. Allerdings liege mit meinen Analysen selten daneben.“

„Ist schon in Ordnung, Max. Aber dieses Thema gehört dem schnöden Alltag an. Heute wollen wir ein paar Stunden in den Sphären der Erinnerung zubringen und die Anthropologie vorübergehend vor der Friedhofsmauer zurück lassen... Also, wer auch immer die Unbekannte war, sie hat Konny außerordentlich inspiriert und letztlich auch dieses unglaubliche Gedicht verursacht.“

„O ja, es ist großartig. Und ich bin mir sicher, dass Konny sich darüber im Klaren war, welche Kostbarkeit er mit diesem tragischen Poem geschaffen hatte.“

„Dem stimme ich zu. Immerhin leitet er mit diesen Versen das nächste Kapitel ein. Also, wenn du nun bereit bist, dann lass uns fortfahren mit unserer Friedhofslesung. Und abermals sage ich mit erhobenem Glas: Bitte lies weiter, mein lieber Unflat..."

Kapitel 29

Das Mädchen auf der Brücke

August 1988

Nacht auf dieser Brücke. Nacht.
Welcher Sturm hat dieses Mädchen
auf diese Brücke nur gebracht?

Die Brück´ im Wald, die alt und kalt
sich Bogen bricht durch Bergeslücke,
das Mädchen steht am Rand der Brücke.

Ihr Herz kennt keine Freude mehr,
zum Schreien hat man sie gebracht.
Welcher Dämon trieb sie her,
an diesen Ort, zur Mitternacht?

Von Berg zu Berg über das Tal!
Ein nackter Felsen bleckt darin.
Von Berg zu Berg über das Tal!
Wo schickst du dieses Mädchen hin?

Ein Geisterzug, er rauscht vorbei…
Der Wald ist still geworden.
Die Geisterbrücke steht und schweigt
und duldet still ihr Morden.

Geisterbrücke sag mir dies:
Was geschah mit jener Seele,
die sich von deiner Brüstung stieß?

Mädchen...

Das Fallgewicht trägt dich zu Boden,
viel zu schnell, was blutig schmeckt.
Und der Felsen bleckt und bleckt.

Gevatter Tod die Hand gegeben...
Wie kann, wie will, wie soll, wie muss...
Wird deine Schwester länger leben?

Doch wenn ich sie treffe,
Mädchen auf der Brücke,
erzähl´ ich Ihr von dir
und wenn SIE springt,
bin ICH bei IHR...

Ich faltete das kleine Zettelchen wieder zusammen. Mehr gab es nicht zu lesen. Josh hatte aufmerksam zugehört und sah mich nun mit ernster Miene an.

„Das ist wirklich beeindruckend. Gibt es noch weitere Gedichte deines Cousins? Selbst wenn er ohne ein Lebenszeichen verschwand, muss es doch verbliebene Aufzeichnungen geben. Tagebücher, Skizzen, Notizen."

„Nein, er verbrannte alle seine Niederschriften, bevor er ging. Wir fanden nur einen großen Berg Asche im Kamin seines Elternhauses. Die einzige mir bekannte Hinterlassenschaft ist jener zerrissene kleine Zettel, dessen Inhalt ich euch gerade vorgelesen habe."

Es war an der Zeit weiter zu wandern. Bevor wir jedoch die Brückenmitte verließen, zog es uns an die Brüstung. Hier mochte das Mädchen gestanden haben, vor ihrem Sprung in den Tod. Unter uns, umgeben von schattigen Büschen und braunem Gras, bleckte ein Felsen in der Tiefe. Dieses steinerne Menetekel ließ uns einige Zeit schweigsam verharren. Irgendwann brach Josh das Schweigen.

„Kein schlechter Ort, um seinem Leben in abgeschiedener Friedfertigkeit ein Ende zu setzen."

„Aber nein!", warf ich ein.

„Nicht hier, mitten im Wald. Falls es bei mir einmal soweit sein sollte und ich bereit wäre den Freitod zu wählen, dann würde ich zunächst einmal einen preisgünstigen Sarg anfordern. Gerne auch Secondhand. Quasi eine Recycling-Kiste. Hört auf zu lachen, das Thema ist ernst... Diesen stellte ich dann in meinem Wohnzimmer auf, nähme noch schnell ein wohlriechendes Bad, um dann ein paar Giftpillen einzuwerfen. Dann, mit schwerfälligen Bewegungen, denn die Pillen begännen langsam zu wirken, hievte ich meinen unsterblichen Körper, mitsamt der darin enthaltenen sterblichen Seele, in die alles abschließende Holzkiste. Hier liegend faltete ich die Hände akkurat ineinander und versuchte mit einem sanften Lächeln zu entschlafen. So bringt man sich um. Alles andere ist unprofessioneller Schabernack."

Nachdem er einen sehr großen Schluck aus seiner Flasche genommen hatte, kommentierte der Unflat:

„Ach, wie grob ekelerregend anständig! Ich hingegen würde, wenn es an der Zeit sein sollte, das Dasein durch die Hintertür zu verlassen, nicht auf unsichere Pillen in-mitten einer Wohnzimmer-Idylle bauen. Möglicherweise sind diese undefinierbaren Kapseln von unzureichender Tödlichkeit. Möglicherweise verwandeln sie dich lediglich in ein hirntotes, sabberndes Wrack. Nein, ein echter, ein guter, ein seriös angegangener Fridolin Freitod muss selbst die geringste Überlebenschance ausschließen. Man braucht einen todsicheren Ort. Wie diese Selbstmord-klippe in Norwegen. Tausend Meter in die Tiefe. Dieser Sprung ist endgültig. Allerdings braucht man mit dem Auto mindestens zwei Tage bis Norwegen. Dann springe ich doch lieber von der Hattenrother Autobahnbrücke. Dann bin ich schon zwei Tage früher tot und spare außer-dem jede Menge Benzinkosten..."

Wir lachten, denn das Lachen ist die Würze des Lebens, und hier oben auf der Brücke genossen wir das Dasein wie selten zuvor; trotz oder gerade wegen all dieser Selbst-mordphantasien.

„Meine wichtigste Überlegung", sagte Josh, nachdem er sich ausgelacht und wieder zu einer halben Ernsthaf-tigkeit zurückgefunden hatte, „war immer, wie ich mich umbringen könnte, ohne meiner Familie weh zu tun. Ich stellte mir vor, in einer abgelegenen Berglandschaft anzu-kommen, in einem fernen Land, um dort in einer Höhle meinem Leben ein Ende zu setzen. Meiner Familie ließe ich vorher noch eine Postkarte zukommen, in der ich eine Weltreise andeutete und mich daher für unbestimmte Zeit verabschiedete. Für sie wäre ich dann niemals tot. Man würde sich an emotionalen Tagen wie Weihnachten oder Silvester meiner Erinnern und sich fragen: Wo mag er jetzt wohl sein? Aber niemand hätte einen wirklichen Abschiedsschmerz zu erleiden. Kein Herz würde zerschmettert."

Das ist eine sehr anständige Überlegung, dachte ich mir. Ein Mensch, der derart detailgenau über seinen Selbstmord nachgedacht hat, muss in seinem Leben oft unglücklich gewesen sein. Aber ich bemitleidete Josh in diesem Augenblick nicht. Ich mochte ihn einfach. Vermutlich, weil er mir ähnlich war. Scheinbar waren diese Phantasien ein Zufluchtsort, den wir beide kannten.

Wir gingen weiter, verließen die Brücke, wanderten über die Gleise voran und landeten irgendwann auf einem hoch gelegenen Bahndamm. Zu seiner Rechten lag die alte Poststation. Wie alt die ehemalige Niederlassung der Reichspost sein mochte, wusste heute niemand mehr. Von den Gleisen führte kein Weg, nicht einmal ein Trampelpfad zur Kneipe hinunter. Außer uns kam niemand über die Schienen. Wir traten ein. Innen war es schummrig mit gelegentlichen Lichtoasen – ein einladendes Halbdunkel, ein alkoholischer Freizeitpark. Wir gingen an den runden Holztischen, an denen bereits tüchtig gezecht wurde, vorbei. Kräftige Arme und lackierte Fingernägel begrüßten uns hier und dort. Natürlich nahmen wir den direkten Weg zur Theke, hinter deren Zapfhahn die „Geile Geli" bediente. Groß, blond und weitestgehend in schwarzes Leder gekleidet. Der Unflat, seiner Natur entsprechend, eröffnete das Gespräch.

„Mensch Geli, heute Morgen habe ich mir dich noch beim Wichsen vorgestellt und jetzt treffe ich dich hier persönlich. Was für ein romantischer Zufall."

Ihre Antwort: „Ich verzeichne diese Äußerung mal als das bizarre Kompliment eines unflätigen Schwachkopfs.

Außerdem freut es mich natürlich, wenn meine Attraktivität auch via Fernwirkung als Erektionshilfe für arme Bedürftige dienlich sein kann."

Die geile Geli, die hinter dieser Theke jeden Samstagabend bediente, studierte Soziologie und Anthropologie an der Uni Bonn und war selten um eine messerscharfe Antwort verlegen. Manchmal erwuchs in mir der Verdacht, dass sie uns alle nur als Objekte ihrer künftigen Doktorarbeit ansah. Die geschäftstüchtige Geli verlor indes keine Zeit und formulierte die Kernfrage jeder vernünftigen Kneipe:

„Bier oder Schnaps?"

Wir bestellen beides, bekamen es und tranken. Sprachen immer weniger. Überließen uns vielmehr den unendlichen Bühnen der trunkenen Phantasie. Schwelgten in Bildern, die wir sekundenschnell entwarfen, ausmalten und wieder vergaßen. Die Wellen der Musik umtanzten uns wie gutmütige Geister. Der Alkohol zerstörte die letzten Reste der in uns gebetteten menschlichen Angst.

Der Unflat zog irgendwann die Aufmerksamkeit der halben Kneipe auf sich, weil er es wieder einmal fertig brachte, die Deutsche Nationalhymne zu rülpsen. Alle drei Strophen.

„Es läuft schief", raunte Josh mir plötzlich ins Ohr.

„Ich mache es falsch."

Er sah plötzlich unendlich traurig aus. Ganz ohne erkennbaren Anlass. Säufermelancholie, dachte ich mir, ohne weiter als über den Rand meines Bierglases zu denken. Denn schon eben wurde ich stutzig, weil etwas unrund, verdächtig und unheimlich verlief. Eben auf der Brücke gab es eine Situation, die den vernünftigen Teil meines Wesens in Aufruhr brachte. Die Filter meiner Wahrnehmung sind sensibel. Unpassende, falsche und unlogische Dinge entgehen mir selten. Das gefällt mir nicht immer. Manches Unheil möchte man lieber nicht bemerken. Nüchtern bin ich unfähig zur Verdrängung. Und eben auf der Brücke war ich gerade betrunken genug, um meinem Verstand zu verbieten, unerwünschte Bedrohungen meines Friedens zuzulassen. Mein kleines inneres Glück mit der dreckigen Realität zu belästigen.

Wie war das? *Für sie wäre ich dann niemals tot. Man würde sich an emotionalen Tagen wie Weihnachten oder Silvester meiner Erinnern...*

In diesem Satz lag ein Widerspruch. Josh war Jude. Juden feiern keine Weihnacht! Warum sollte also dieser Feiertag bei seiner Familie sentimentale Gefühle auslösen? Diese unschöne Überlegung verweigerte sich der Verdauung – mir wollte kein Selbstbetrug zur Verdrängung dieses Gedankens einfallen. Daher nahm ich schnell noch einen großen Schluck. Verdrängen. Vergessen. Vertilgen... Benebelt glücklich sein... Ich schaute zu Josh hinüber, der trübe in sein Bierglas blickte. Gott – er tat mir leid, in seinem Elend. Und an diesem Ort war mir jeder Unfriede zuwider, weswegen das neue Whiskyglas, eine Gabe unflatscher Herkunft, mir sehr gelegen kam. Ich trank es in einem Zug leer. Dann beugte ich mich zu Josh hinüber und sagte mit schwerfälliger Zunge: „Was immer dir zusetzt, bringe es in das rechte Maß. Irgendwann kommt sie für uns alle, die Stunde unseres Todes."

Ich hob meinen rechten Zeigefinger und wies auf Josh. „Für dich", mein Finger wanderte auf seinen Besitzer, „und für mich." Meine Hand bewegte sich weiter in die Menge zu einem dicken Mann mit Vollbart und Halbglatze, der eifrig an seinem Bier saugte.

„Für ihn."

Meine Hände öffneten sich, als wollten sie die Menge segnen.

„Für uns alle."

Ich nahm einen sinnlosen Schluck aus meinem leeren Glas und fuhr fort.

„Und wenn wir dereinst auf unserem Sterbebett liegen und in unserem Stundenglas nur noch wenige Minuten auf Vorrat lagern, wie lächerlich wird uns dann all die dumme Zwischenangst vorkommen. All die Stunden, in denen wir uns über Nebensächlichkeiten den Kopf vergrübelt haben. Was weiß ich… Die Mode... Was sagen die Leute? Bin ich gut genug? Reicht das Geld? Karriere…"

Josh holte tief Luft und bemühte sich um eine klare Aussprache.

„Du hast natürlich recht... Aber ich... Ich wurde sehr streng erzogen."

„Wie meinst du das?"

„Privater Kindergarten. Privatschule. Vier Fremdsprachen fließend, eine schlechte Zensur galt als möglicher Hinweis auf den insgeheimen Versager. Eine Jugend, die dem Lernen gewidmet war. Dem Schulwissen. Und ich darf und ich will auch nicht klagen. Es ging wenigen Menschen so gut wie mir. Und ich möchte auch der Gesellschaft etwas von dem zurückgeben, was mir geschenkt wurde... Und trotzdem mache ich... furchtbare Sachen."

„Was denn für furchtbare Sachen?"

„Na ja, die Sachen, die man eben so macht… Im Beruf und so..."

Ein neuer Whisky, gespendet vom Großmäzenaten Unflat, der an der Theke stets zum Wohltäter der Durstigen wurde, kam mir sehr gelegen, um neue Anfeindungen meines humor- und trostlosen Verstandes hinweg zu spülen.

Irgendwann war es an der Zeit für die Rückreise. Wir nahmen denselben Weg, den wir gekommen waren – über die rostigen Gleise und durch die Schatten des Waldes. Das Wetter hatte sich gedreht. Ein nächtliches Gewitter hetzte wütende Regenwolken über die Berge. Wir liefen sturmfest vorwärts und warfen uns sinnfreie Kommentare zu, die keiner mehr verstand. Torkelten immer weiter an den Gleisen entlang und verloren uns im Sturmwind.

Irgendwann hörte ich ein Heulen und Wimmern. Drehte mich nach links und wieder nach rechts, ohne jeden Richtungssinn.

Dann fand ich Josh am Mittelturm der Geisterbrücke. Der Mond brach für einen Moment durch die Wolken. Sein Licht fiel auf das Gesicht meines Gefährten. Er heulte. Mit letzter, nur noch in Resten vorhandener Geisteskraft versuchte ich die Situation zu verstehen. Wollte seine Tränen nicht dem sinnlosen Unverständnis überlassen. Fragte ihn. Bekam Antwort. Bekam Angst. Was sagte er da? Wieso sagte er das? Ich verstand es nicht. Und ich vergaß es auch gleich wieder, durch den entsetzlichen Schrecken eines anderen Bildes.

Vor uns torkelte der Unflat hoch oben über die Brüstung. Er rief, nein er schrie vielmehr aus ganzer Seele, er sei der Eidechsenkönig und der Herr der Welt und all ihrer Gesetze. Ich drehte mich wieder um zu meinem amerikanischen Freund. Tränen vermischten sich mit den Regentropfen auf seinen Wangen. Es war so furchtbar, was da noch in meinen Ohren klang. So unvorstellbar widerlich...

Aber vielleicht hatte ich mir das alles nur eingebildet, besoffen wie ich war. So musste es sein. So und nicht anders! Meine Trunkenheit hatte ihr angenehmes, warmes, tröstendes Stadium längst hinter sich gelassen. Nun schlich der böse schwarze Kater zu mir herüber, brachte Schmerzen und ließ die brutalen Melodien eines monströsen Orchesters in meinem Schädel explodieren.

Warum, Josh? Warum hast du das gesagt? Meinen torkelnden Gang zur Ruhe bringend baute ich mich, mein Kreuz streckend, zu einer Frage auf – die aber für alle Zeiten unausgesprochen blieb. Denn in jenem Augenblick wurde das Grauen, das ich empfand, verdrängt und vernichtet durch einen entsetzlichen Schock.

Der Unflat, mein Lebensfreund, rief ein letztes Mal er sei der Eidechsenkönig und sprang über die Brüstung in den alles zerschmetternden Tod.

Was vorher noch an Seelenlast in mir vorhanden war, löste sich auf. Verschwand in dem Sog des neuen Bildes. Wir rannten, vom Adrenalin in Sekundenschnelle ausgenüchtert, zur Absprungstelle. Wir sahen panisch hinunter in die Tiefe. Dort war nichts weiter zu sehen als schwarzes Schwarz. Nichts als hinunterstürzende Regentropfen, nichts als Grauen und Verderben. Dann sahen wir genauer hin. Ein Wasserspeier schälte sich als grauschwarzer Umriss aus der Dunkelheit. Auf ihm hockte, sich an dem dahinterliegenden Sims festkrallend, der Unflat. Jetzt war er kein Eidechsenkönig mehr, sondern nur noch ein Menschenkind, das weggeworfen und verloren auf einem Vorsprung saß. Wir lehnten uns über die Brüstung und langten unsere regennassen Hände nach unten, die von Unflats Pranken zitternd begrüßt wurden. Mit einiger Mühe zogen wir ihn zurück auf das Schotterbett. Kaum stand der Unflat wieder auf den Beinen, wendete er sich von uns ab und ging ohne ein Wort zu verlieren weiter.

Verwirrt und schweigend setzten wir unseren Heimweg fort.

Kapitel 30

Die Geschichte geht zur Neige

August 1988

Ich erwachte ohne Gedächtnis. Erst nach und nach stiegen einzelne Erinnerungsblasen aus einem schwimmenden, träge sich drehenden Gedankenschleim an die Oberfläche. Bizarre Bilder kamen mir in den Sinn. Und dann der grausige Schock. Mein Freund Unflat. Hoch oben auf der Brückenmauer. Mein Puls beschleunigte sich rasend bei dieser Erinnerung. Aber der Wasserspeier rettete ihn glücklicherweise. Oder war er mit Absicht auf die Figur gesprungen? Dann kam ein neues Band zerfetzter Erinnerungen. Irgendetwas mit Josh. Aber es konnte nichts Schlimmes gewesen sein, denn wir kamen alle wohlbehalten zu Hause an.

Den Rest zu erinnern war mir der Mühe nicht wert. Ohnehin war es mir selten möglich, im Rückblick auf eine durchzechte Nacht, die wahren Ereignisse von den Phantasiegebilden zu unterscheiden. Daher reifte in mir früh die Fähigkeit, geradezu fachmännisch zu vergessen.

Ein neuer Tag meines Lebens begann. Also streckte ich mich in meinem warmen Bett und warf mit einem gesunden Schwung die Beine in die Luft. Nachdem sie sicher auf dem Teppich gelandet waren, erstellte ich – wie gewohnt – ein kurzes Resümee der letzten Sauftour:

Besoffen: Alle
Lebensgefahr: Einer
Verluste: Keine

Kurzum, es war alles in Ordnung. Und es war Sonntag. Der späte Morgen brachte die Sonne zum Lachen und ich verspürte jenen gesunden, heißhungrigen Appetit, den jeder robuste Sünder kennt.

Nach einer ordentlichen Dusche ging ich hinunter und vernahm fröhliches Gelächter. Meine Eltern saßen mit Josh und Marie-Claire in der Küche. Ich trat hinzu und beglückwünschte meinen Vater zu der mit Kennerblick ausgesuchten Flasche Wein, die er soeben öffnete. Nachdem er meine kleine Freundlichkeit mit einem Kopfnicken bedacht hatte, fragte er Josh, während ich meiner kleinen Schwester eine Frikadelle vom Teller klaute, wie seine Nachtruhe verlaufen sei.

„Wunderbar! Ich habe nur mittelschwere Kopfschmerzen. Das muss wohl am Wetterumschwung liegen", antwortete er grinsend. Dabei warf er zuerst meinem Vater und dann mir einen schelmischen Blick zu. Ich beantwortete seine Geste mit einem bekennenden Gegen-Grinsen. Doch dann wurde mir flau im Magen. Ein unangenehmes Stimmungsbild vom Vorabend tauchte wieder auf. Denn unser Frühstück war so koscher wie ein Schweinekotelett. Aber Josh kaute fröhlich. Kaute unbeschwert und offenbar bedenkenlos eine Frikadelle. Die war beileibe nicht koscher. Das wusste jeder. Hatte Josh mir nicht erzählt, er wäre gläubig und nähme die Lehre beim Wort?

Mein Vater, die gute Seele, reichte mir ein Glas Wein. Meine Mutter, die wunderbarste aller Mütter, schaufelte ihrem lasterhaften Spross mit Käse überbackene Tomaten auf einen geräumigen Teller. Was hatte ich eben noch gedacht? Das war schon wieder vergessen, beim Genuss der überbackenden Gaumenfreuden.

Wenig später vertuschte ich die wahren Absichten unserer bevorstehenden Reise mit einer kleinen Lüge.

„Wir müssen heute Abend in Frankfurt sein. Josh hat einen Termin. Ich fahre ihn hin."

Wenn wir gegen vierzehn Uhr losfuhren, konnten wir am Abend die Schweiz erreichen. Ich mache es kurz, denn unsere Geschichte neigt sich dem Ende zu und nun will ich mich auf das Wesentliche beschränken. Wir fuhren zum Unflat und sagten Adieu.

Dann verließen wir Elderswalde, verließen unser Bundesland und verließen bald auch Deutschland. Die Schweiz nahm uns unschuldig auf und ein Hotel bot uns eine halbwegs günstige Schlafmöglichkeit, nachdem wir uns in der Zürcher Altstadt ausgiebig vergnügt hatten.

Kapitel 31

Giacomo Gordy

August 1988

Nach einem kurzen Katerfrühstück verließen wir unser Hotel in einen sonnigen Schweizer Morgen. Der Tag der Offenbarung schien gekommen. Mit großen Schritten gingen wir voran. Doch dann geschah es: Plötzlich, völlig unverhofft, stand ich vor einer Erscheinung, die mir den Atem verschlug.

Es war der weiße Mercedes. Die Limousine mit den verdunkelten Scheiben, die ich vor Willibald Keilers Haus eilig hatte wegfahren sehen. Sie stand auf der gegenüberliegenden Straßenseite und glänzte in der Morgensonne. Ich griff nach dem Ärmel meines Gefährten und zog ihn unsanft hinter einen VW-Bus.

„Der weiße Wagen dort vor dem Kiosk... Das ist derselbe Mercedes, den ich in Auersbach gesehen habe. Ich bin mir sicher."

Diesmal zeigte sich allerdings nicht nur der Wagen selbst, sondern auch dessen Insassen. Zwei kräftige Männer in dunkelblauen Anzügen. Sie standen vor der Limousine und tranken Kaffee aus Pappbechern. Ein kleiner gebeugter Mann, ein dürrer Greis – allerdings elegant gekleidet in einen türkisfarbenen Zweireiher mit weißem Einstecktuch – trat, aus einem Zeitschriftenladen kommend, auf die Männer zu. Er sprach einige Worte zu seinen Begleitern und verschwand dann im Fond der Limousine. Von irgendwo her schien ich diesen Mann zu kennen. In meinem

Gedächtnis kratzte seine Erscheinung an einer diffusen Erinnerung, die sich allerdings nicht aus ihrem Loch trauen wollte.

„Kennst du diesen Mann?", fragte Josh fast lautlos. Seine sonnige Stimmung war restlos verflogen. Ich sah zu ihm hinüber und bemerkte seine zitternden Hände. Auch seine Atemfrequenz hatte sich schlagartig erhöht.

Ich schaute wieder nach vorne zu dem weißen Mercedes auf der gegenüberliegenden Straßenseite und überlegte angestrengt.

„Irgendwie schon... Er kommt mir wage bekannt vor..."

„Als Kunsthistoriker solltest du ihn doch kennen. Oder ist der schnöde amerikanische Kunstmarkt eine zu banale Angelegenheit für einen deutschen Akademiker?"

Eine unverhohlen aggressive Färbung war plötzlich in seine Stimme getreten. Dann fuhr er grimmig fort.

„Konny, der Mann, den wir gerade gesehen haben, ist Giacomo Gordy. Wenn man wie ich in New York lebt und sich ab und zu mit dem Kunstmarkt beschäftigt, kennt man diesen Guru. Und du als Fachmann kennst ihn natürlich auch. Oder etwa nicht?"

Ich benötigte eine kleine Weile, aber dann verstand ich, was Josh meinte. Giacomo Gordy. Der Giacomo Gordy. Der berühmte amerikanische Kunsthändler. Eine legendäre Gestalt, die ich allerdings bisher nur aus Büchern und Fachzeitschriften kannte. Aber was trieb Giacomo Gordy in die Schweiz, hier vor unsere Nasen. Die Lust, in direkter Linie über die Straße zu gehen und die Wahrheit aus dem alten Mann heraus zu schütteln, flammte in mir auf. Warum flog ein Giacomo Gordy um die halbe Welt und folgte mir von Auersbach nach Zürich? Selbst wenn wir in der Bank einen Picasso, einen Renoir oder einen verschollenen Rembrandt finden sollten, würde der Fund nicht diesen Aufwand rechtfertigen. Ein Picasso, ein van Gogh oder ein Vermeer waren für Giacomo Gordy Alltagsgegenstände. Derlei Kleinkram überließ er den Kompetenzen seiner Mitarbeiter. Welche ominöse Motivation trieb also diesen weltweit anerkannten Kunstexperten dazu, unseren kleinen Ermittlungen mit solcher Energie zu folgen? In der Hoffnung eine Antwort auf diese Frage zu finden, presste ich meinem Gedächtnis alles auffindbare Wissen über den berühmten Kunsthändler ab.

Giacomo Gordy mied die Öffentlichkeit, so stand gelegentlich zu lesen. Er machte sich gerne rar. Entweder um den Marktwert seiner Person zu erhöhen oder infolge irgendeiner privaten Marotte. Sein Rat war gefragt und sein Sachverstand in kunstkritischen Fragen unbestritten. Aber nie gab er ein Fernsehinterview. Er hasste dieses Medium seiner unreflektierten Schnelligkeit wegen, wie er immer wieder betonte.

Der amerikanische Geldadel vertraute ihm bedingungslos, nicht zuletzt wegen dieser Aura der Unnahbarkeit; und Giacomo Gordy erstand dafür auf internationalen Kunstauktionen die kostbarsten Leckerbissen für seine Kunden.

Über seine Herkunft war nur wenig bekannt. Gordy war das Kind einer jüdischen Kaufmannsfamilie aus Stuttgart. Er wurde kurz vor Kriegsende von den Amerikanern aus einem Konzentrationslager befreit und wanderte später in die USA aus.

Ein Mann, der auf der höchsten Ebene des internationalen Kunstmarkts agierte und der möglicherweise in meiner

Heimat zwei Menschen hatte ermorden lassen, war also der Besitzer der weißen Limousine. Immerhin war dies ein bedeutender Erkenntnisgewinn. Vielleicht würden wir in dem Bankschließfach die finale Antwort auf alle unsere Fragen finden.

„Lass uns erst mal verschwinden. Sollten wir in der Bank etwas Brauchbares finden, verstehen wir mit Sicherheit auch den Grund für das Auftauchen von Ciacomo Gordy an diesem Ort", flüsterte ich Josh zu.

Kapitel 32

Im Panzerschrank

August 1988

Wir zogen uns aus dem Schatten des VW-Busses zurück und liefen über eine Parallelstraße weiter. Ohne weitere Worte über das Erscheinen des berühmten Kunsthändlers zu verlieren, erreichten wir in einer Seitenstraße das Bankhaus Langmann & Löhnes. Das Gebäude strebte mit dem ganzen Prunk einer vierstöckigen Rokoko Villa in den immer noch sonnigen Morgenhimmel. Es gab keine Reklameschilder oder andere Aufmerksamkeit heischende Werbemaßnahmen vor dem Eingang. Nichts schrie hier nach außen, wie man es von gewöhnlichen Geschäftshäusern kennt. Das Bankhaus Langmann & Löhnes schien frei von der Furcht, ein potenzieller Kunde könne den Sitz des Unternehmens verfehlen.

Eine junge Schweizerin, die uns mit ihrem betörend unschuldig klingenden Schwizerdütsch begrüßte, empfing uns ausnehmend freundlich. Die junge Frau führte uns vom Foyer in eine kleine Halle. Hier baten zwei Sicherheitsbeamte um Einblick in unsere Personalien und verlangten, dass einer von uns beiden bis zum Verlassen der Bank seinen Ausweis hinterlegte. Ich holte eilig meinen Personalausweis hervor und gab ihn wunschgemäß ab. Anschließend führte man uns zu einem Aufzug, der uns ins Untergeschoss brachte.

Der verschwenderisch beleuchtete unterirdische Flur, der uns in das Büro des Depotverwalters brachte, blendete fast durch den allgegenwärtigen weißen Marmor. Goldene Bordüren begleiteten uns auf dem Weg zu einer bereits geöffneten Tür.

Hans Baldur Prömtli, ein kleiner dicker Mann mit runden Brillengläsern und einem sauber gestutzten Schnauzer, empfing uns reserviert, aber höflich. Er bat uns in den schwarzen Ledersesseln vor seinem Schreibtisch Platz zu nehmen und verlor dann keine weitere Zeit.

„Meine Herren, Sie wünschen Zugang zu einem unserer Depotkonten, darf ich Sie um die Kontonummer bitten?"

Ich nahm den Zettel meines Großvaters zur Hand und las die Ziffern ab, während der kleine Schweizer die Nummern zeitgleich in seinen Computer eingab. Der Depotverwalter sah von seinem Monitor auf, nickte zufrieden und sagte dann: „Die Vereinbarungen für dieses Konto sehen vor, dass jeder Zugang zu dem Depot erhält, der die Kontonummer sowie das Kennwort nennen kann."

Er blickte über den Rand seines Bildschirms skeptisch zu mir herüber. Er sah mir offenbar die Verblüffung an, die seine Worte hervorriefen. Dann wanderte sein Blick zu Josh, der völlig entspannt im Nachbarsessel saß. Während meine Gedanken noch in verzweifelten Chaosüberlegungen rotierten, hörte ich Joshs Stimme seelenruhig sagen:

„Das Kennwort lautet Friedhelm von Görlitz."

Der Bankangestellte tippte etwas in seinen Computer ein, nickte abermals, erhob sich dann und bat uns ihn zu begleiten. Josh folgte dem Verwalter ohne mich anzusehen. Aber ich war mir sicher, dass er meine bohrenden Blicke spürte.

Wir verließen den Büroraum und gingen durch den Flur bis zu einer Stahltür, die unser Begleiter über ein Tastenfeld in der Wand öffnete. Ich blickte zurück und schätze die Länge des Flurs auf gute fünfzig Meter. Diese Unterkellerung überschritt die Dimensionen des über ihr stehenden Hauses bei weitem. Ich fragte mich, wie dies möglich war, ohne die Eigentumsrechte der Nachbarhäuser zu verletzen. Als wir dann jedoch hinter der Tür einen Flur betraten, der den uns bisher bekannten noch um einiges übertraf, konnte ich mich des Eindrucks nicht erwehren, die Firma Langmann & Löhnes sei im Besitz des gesamten Stadtviertels.

Wir gingen ein gutes Stück weiter bis zu einer geöffnete Tür auf der rechten Seite des Gangs. Der Depotverwalter ging voran und führte uns in den dahinter liegenden Raum. Dieses Zimmer war relativ schlicht eingerichtet. Ein schmuckloser Tisch mit vier Stühlen, umgeben von vier weißen Wänden.

„Bitte warten Sie hier, ich bringe Ihnen die Depotkassette.“ Der Verwalter verließ den Raum und ließ uns allein zurück, was mich veranlasste, Josh umgehend eine Frage zu stellen.

„Woher kanntest du das Kennwort?“

Josh nahm an dem schlichten Tisch Platz und griff nach der Kaffeekanne, die neben einigen Flaschen Mineralwasser und auf dem Kopf stehenden Gläsern und Tassen auf einem Tablett stand.

„Reine Glückssache. Ich habe mir schon im Vorfeld gedacht, dass die Kontonummer an ein Kennwort gebunden sein könnte. Ich wollte dich aber deswegen nicht verunsichern. Daher ließ ich die Sache unerwähnt.“ Ich sah ihn misstrauisch an. Josh zuckte mit den Schultern und fuhr fort.

„Meine Überlegung war die: Dein Großvater legte dieses Konto nicht für sich selbst an. Er war nur der Kurier. Ohne den Zwischenfall mit dem Schusswechsel wäre er nie zu dieser Ehre gekommen. Friedhelm von Görlitz war der Auftraggeber und Urheber von allem was folgen sollte. Seine schwierige Situation, einem Fremden seine kostbare Fracht anvertrauen zu müssen, damit dieser sie in einem bestimmten Schweizer Bankhaus deponierte, ließ ihm sicher nicht die Zeit kreative Kennwörter zu ersinnen. Vermutlich sagte er damals zu deinem Großvater, dass falls man ihn um ein Kennwort bitten sollte, er einfach den Namen des Auftraggebers zu nennen habe, Friedhelm von Görlitz eben." Josh nahm einen Schluck Kaffee und sprach weiter.

„Die Kontonummer ist eine Sache der Bank, das Passwort aber die des Kontonehmers. Also gab ich einfach den Namen des Auftraggebers als Kennwort an. Damit lag ich richtig, aber genauso gut hätte ich falsch liegen können. Reine Glückssache eben. Mit einem bisschen Verstandesunter-stützung."

Ich goss mir ebenfalls eine Tasse Kaffee ein und bemerkte, wie meine Hände vor Aufregung zitterten. Hier war ein Braten am Riechen, dessen Duftspur ganz Zürich durch-ziehen musste. Ich war verunsichert und aufgewühlt, fand aber keine einzige sinnvolle Antwort auf all die offenen Fragen. Während ich meinen zweiten Schluck Kaffee zu mir nahm, kam der Depotverwalter zurück. In seinen Händen hielt er eine Metallkassette mit dem Signet des Bankhauses, deren Format die Ausdehnung eines kleinen Reisekoffers besaß. Dieses Behältnis war vermutlich im Herbst 1943 von meinem Großvater gefüllt und anschließend – sofern man diesen Schweizer Bankleuten trauen konnte – verschlossen und nie wieder geöffnet worden.

Der Verwalter stellte die Kassette auf den Tisch und zog einen Schlüsselbund hervor, an dem ein gutes Dutzend Schlüssel befestigt waren. Er suchte einen davon heraus, steckte ihn ins Schloss des Behälters und entriegelte ihn mit einiger Mühe – scheinbar war der Schließmechanismus ein wenig eingerostet. Ohne den Deckel der Depotkassette zu öffnen, ging er zurück zur Tür.

„Sie finden mich am Ende des Ganges, wenn Sie mich suchen."

Die Verschlusskappen sprangen bereitwillig auf und ich öffnete die Kassette. Ein kleiner Metallkoffer lag darin. Dies musste jener Koffer sein, den Friedhelm von Görlitz bei sich trug, als man im Herbst 1943 seinen LKW mit Baumstämmen stoppte und anschließend unter Beschuss nahm. Sogar einige braune Flecken, vertrocknetes Blut des Barons vermutlich, waren auf der Oberfläche zu sehen. Ich nahm den Koffer aus der Kassette des Bankhauses, legte ihn auf den Tisch, entriegelte die mittig angebrachte Verschlusskappe und öffnete ihn.

Was ich dann sah, war kein verschollener Rembrandt, kein orientalisches Idol, kein antiker Goldschatz, sondern nichts weiter als eine schmucklose Akte.

Eine gute Tarnung, dachte ich im Stillen bei mir. Alles wirkt wichtig, wenn man Wichtigkeit darin vermutet; die moderne Kunst profitiert millionenschwer von dieser Illusion. Und alles wirkt banal, wenn man es lieb- und schmucklos verpackt; dies entsprach wohl der Absicht des Barons.

Den Koffer und die Kassette legte ich auf den Boden.

Dann öffnete ich die Mappe. Unter dem Deckblatt fand ich einen Stapel Papier. Schreibmaschinenseiten. Handschriftliche Notizen. Kopien von Karten und Grundrisspläne von Häusern. Dies alles verfasst in einem Polyglott aus Deutsch, Englisch, Spanisch und Portugiesisch. Es waren Namen und Adressen. Angaben über Kontaktpersonen in Übersee. Soweit ich es überblicken konnte, vornehmlich in Argentinien, Chile und Uruguay. Aber auch Brasilien war vertreten. In der Mitte des Stapels lag eine Karte Lateinamerikas mit zahlreichen Flugrouten und Eisenbahnverbindungen. Man musste kein wissenschaftlich geschulter Historiker sein, um hier die Struktur einer perfekt organisierten Massenumsiedlung zu erkennen. Der Inhalt dieser Dokumente offenbarte, dass jemand umfassend damit beschäftigt war, eine groß angelegte Massenflucht aus dem Deutschen Reich vorzubereiten. Und als Organisator dieser komplexen Struktur war eine Person deutlich erkennbar: Friedhelm von Görlitz.

Fast eine Stunde saßen wir über diesen Seiten und bis auf einige Zwischenkommentare studierten wir wortlos die Unterlagen. Irgendwann lehnte ich mich zurück und sagte zu meinem Begleiter:

„Sehe ich richtig, was das hier bedeutet? Fast alle diese Blätter sind datiert. Es beginnt im Juni 1942 und endet im August 1943. In der heißen Zeit des Weltkrieges hat hier ein deutscher Wehrmachtsangehöriger einen großen Exodus nach Übersee vorbereitet. Hier mag eine Menge Fußvolk vermerkt sein, aber unter diesen Namen finde ich auf Anhieb fünf Nazigrößen, von denen zwei bis heute unauffindbar geblieben sind. Offenbar waren nicht alle führenden Nazis so ganz vom Endsieg überzeugt.

Ferner ist es ist wohl kein Zufall, dass diese Fluchtvorkehrungen 1942, also kurz nach dem riskanten Feldzug gegen die Sowjetunion begannen. Einige Kameraden hatten wohl das Bedürfnis, sich eine Hintertür offen zu halten. Es gab ein Netzwerk derer, die sich zumindest unter der Hand eine kalkulierte Fluchtmöglichkeit herbeisehnten. Und der geniale Organisator und Mann im Hintergrund war niemand sonst, als Friedhelm von Görlitz. Der Vorgesetzte meines Großvaters. Dieser Mann war es, der es verstand vorauszuschauen und sich ein Alibi für die Zukunft zu verschaffen. Nebenbei organisierte er eine umfangreiche Kontaktbörse, über die er in der neuen Welt Fuß fassen konnte. Teufel noch eins! Es kann nur so sein... Friedhelm von Görlitz ist Giacomo Gordy. Die Gründe für die Namensänderung und die neue Biografie erklären sich von selbst."

Josh blickte, offenbar tief in eigene Gedanken versunken, eine Zeitlang ins Nichts, bevor er mir antwortete.

„Was du da sagst klingt schlüssig. Es erklärt auch, warum Friedhelm von Görlitz mit Feuereifer diese Dokumente in die Schweiz bringen und für unbestimmte Zeit deponieren musste. Er konnte nicht wissen, wie lange der Krieg noch dauern würde. Es war auch keineswegs absehbar, ob die Nazis den Krieg wirklich verlieren würden.

Hätte man ihn als den Hauptakteur oder gar Urheber einer geplanten Vaterlandsflucht enttarnt, wäre dies sein Ende gewesen. Man hätte ihn umgehend standesrechtlich erschossen. Es ist ferner anzunehmen, dass einige linientreue Anhänger des Regimes, vielleicht sogar Adolf Hitler selbst, Wind von der organisierten Fahnenflucht bekamen. Ganz offensichtlich waren sie an jenem Tage, als dein Großvater zum Kurier werden sollte, Friedhelm von Görlitz dicht auf den Fersen."

Hier brach er ab und legte alle Unterlagen eilig in die Mappe zurück. Ohne mich anzuschauen sagte er:

„Jetzt wissen wir alles. Komm, lass uns gehen!"

Er klemmte sich den kleinen Koffer unter den Arm und ging ohne ein weiteres Wort zu verlieren zur Tür hinaus.

Kapitel 33

Verlorene Unschuld - gewonnene Einsicht

August 1988

Wir gingen mehr oder minder wortlos und auf direktem Wege in unser Hotel zurück. Meine Gedanken kreisten um die neuen Erkenntnisse und entwarfen Szenarien, welche Folgen die Veröffentlichung der Papiere nach sich zögen. Alte Kameraden und verstaubte Spuren in Südamerika würden von einer Schar von Historikern, Journalisten und Geheimdienstlern unter die Lupe genommen werden. Klaffende Lücken in der Geschichtsschreibung könnten sich schließen. Und was auch immer mit Friedhelm von Görlitz in den letzten Monaten des Krieges geschah – lange bevor er Giacomo Gordy wurde – sicherlich hatte er Helfer. Auch wenn die Gruppe der Fluchtwilligen nicht mehr an jenen Dokumentenkoffer kam, den mein Großvater in der Schweiz deponierte, so gab es doch sicherlich Kopien der Fluchtrouten. Dokumente, die eventuell später, als es wirklich an der Zeit war ins Exil zu gehen, benutzt wurden.

Ferner käme es zu einem Aufruhr in der internationalen Kunstszene, wenn man Giacomo Gordy angesichts der wieder aufgetauchten Dokumente zur Rede stellte und seine falsche Identität in all ihrer perfiden Verlogenheit offen legte.

Eine zunehmend unbequemer werdende Frage verdrängte jedoch diese interessanten Gedanken. Welche Bedeutung war dem seltsamen Verhalten meines Reisegefährten seit dem Zusammentreffen mit Giacomo Gordy beizumessen? Josh lief indes still und träge neben mir her, den brisanten Koffer so verkrampft an den Körper gedrückt, als trüge er eine Last, die zusehends schwerer würde.

Ich beschloss, weder ihn noch den Koffer aus den Augen zu lassen, denn es war völlig klar, dass hier irgendetwas nicht stimmte.

Als ich ihn auf seine seltsame Stimmung ansprach, sagte er, er sei lediglich verkatert. Danach schwieg er wieder.

So gingen wir wortlos weiter, bis wir schließlich unser Hotel erreichten. Wir durchquerten schweigend die Lobby und fuhren mit dem Aufzug hinauf in den vierten Stock. Als der Aufzug hielt, konnte ich mein Unbehagen nicht länger ertragen. Die Kabine verlassend fragte ich meinen verstockten Begleiter, ohne mich umzudrehen, wie in Gottes Namen es denn nun weiter gehen solle.

Da bemerkte ich, dass er im Aufzug stehen geblieben war. Ich drehte mich um und sah den kleinen Revolver in seiner Hand. Und nicht nur das, Josh zielte auf mich. Ich musste lachen über diese völlig absurde Geste. Mein Lachen gefror aber, als ich in diese vollkommen ernsten und entschlossenen Augen sah.

„Es tut mir leid, Konny! Aber hier trennen sich unsere Wege. Sei mir nicht böse. Es ist das Beste so."

„Bist du wahnsinnig geworden? Was soll denn diese alberne Show?"

Ich musste wieder lachen, bewegte mich aber instinktiv keinen Millimeter vom Platz. Langsam glitten die beiden Türen der Liftkabine aufeinander zu, ohne dass sich einer von uns beiden bewegt hätte.

Ich flüsterte mehr als wirklich zu sprechen:

„Josh, was soll das?" Und fast genauso still drangen einige gepresste Worte aus dem sich schließenden Fahrstuhl.

„Es gibt keinen Josh Epstein, Konny. Es hat nie einen gegeben. Nur einen Danny. Und ich muss jetzt runter zu meinem Großvater. Es tut mit wirklich leid!"

Die Tür schloss sich und die Kabine verschluckte meinen Trink- und Abenteuerkameraden. Ich blieb einige kostbare Sekunden wie angewurzelt stehen. Der Schock oder vielmehr die gnadenlos angekündigte Überraschung, war mir bis ins Mark gefahren. Erst als die Verblüffung durch den blanken Zorn verdrängt wurde, rannte ich los. Ich flog die Stufen hinunter, schoss wie ein Projektil durch die Lobby zum Ausgang und rannte auf den Vorplatz.

Aber Josh war verschwunden. Josh war Danny! Danny war Judas! Ans Kreuz mit dem Verräter.

Kapitel 34

Aufs Kreuz gelegt

August 1988

„Welche Spuren seiner Anwesenheit blieben uns erhalten? Beging der hinterhältige Verräter irgendwelche juristisch verwertbaren Fehler? Welches Rüstzeug ist uns geblieben, um frei jeder Hemmung das glühende Schwert der Rache zu führen?", fragte mein alter Freund ohne mich dabei anzusehen. Der Unflat saß in seinem Lieblingssessel, das Kinn auf die Brust gesenkt, und zog bedächtig an seiner Pfeife, deren Inhaltstoffe nur Gott, dem Teufel und ihm selbst bekannt waren.

„Im Grunde nichts. Natürlich könnten die Angestellten bezeugen, wie zwei Burschen das Bankhaus Langmann & Löhnes betraten, um Einsicht in eine Depotkassette baten und anschließend das Gebäude mit einem kleinen Metallkoffer wieder verließen. Aber was würde das nützen? Den Inhalt der Akte hat außer uns beiden niemand zu Gesicht bekommen.

Dummerweise lief in der Bank alles auf meinen Namen. Ich verlangte das Schließfach einzusehen. Ich legte meine Papiere vor, wies mich aus, hinterließ Spuren. Im Gegensatz zu dem verdammten Josh, Danny oder wie auch immer der Verräter heißen mag. Er war nur als diskreter Gefolgsmann aufgetreten. Völlig unsichtbar im Nachhinein. Er hat mich nicht nur benutzt, um die Papiere zu finden, er hat mich wie eine Marionette geführt, um sie aus der Höhle des Löwen zu bergen. Ohne dass er selbst auch nur ein einziges Formular unterschreiben musste. Sogar im Hotel habe ich mich ausgewiesen, Dokumente unterschrieben und als einziger Spuren hinterlassen. Und nun ist der Verräter verschwunden, als hätte es ihn nie gegeben."

Was blieb? Was war zu tun? Gerecht wäre es, der Weltöffentlichkeit alles zu sagen. Gerecht wäre es, Ciacomo Gordys pervers erlogene Existenz zu entblößen. Aber wir hatten nicht den geringsten Beweis in der Hand.
Ich könnte natürlich an die Öffentlichkeit treten und mit einer Reihe von Behauptungen bei einer Boulevard Zeitung vorsprechen. Vielleicht würde man mir glauben oder zumindest die Story interessant finden. Aber Friedhelm von Görlitz hatte mehrere Jahrzehnte Zeit, um alle Spuren zu verwischen.
„Haben wir wenigstens ein Foto von Josh?", fragte der Unflat.
„Nicht ein einziges… Er war wirklich gut."
Dennoch waren im Fehler unterlaufen. Fehler, die ich völlig selbstvergessen verdrängt hatte.
Im Rahmen seiner Selbstmordphantasie auf der Brücke sagte der treulose Josh: *„Man würde sich an emotionalen Tagen wie Weihnachten oder Silvester meiner Erinnern…"*
Eine schlecht geschminkte Lüge. Außerdem: Der Schuft aß Roßbacher Frikadellen…
Gewiss, die Warnsignale waren kaum zu übersehen, aber wer denkt denn gleich an einen abgrundtief schändlichen Verrat, bei marginalen Dissonanzen im ansonsten lustigen Miteinander?
Aber dafür war nun der Preis zu zahlen, den jeder Selbstbetrug früher oder später einforderte. Man kann das

Schicksal zwar um einen Kredit bitten oder sich mit List und Tücke einen Aufschub erschleichen, aber der Zahltag ist unausweichlich und er kommt, wie das Jahresende, ohne Gnade und mit absoluter Gewissheit.

Kapitel 35

Ein Brief aus dem Orbit

August 1988

Nachdem ich in meine Stadtwohnung zurückgekehrt war, nahm ich den Entwurf meiner Magisterarbeit und beerdigte diese sinnlose Verschwendung von kostbarer Lebenszeit in einem Metallkübel. Diesen trug ich dann auf den kleinen Erker, der in meinem Mietvertrag ironisch Balkon genannt wurde, und zündete den ganzen Müll mit einem Streichholz an.

Meine akademische Laufbahn war damit abgeschlossen. Kein Seminarraum, kein pedantisch bemühter Professor, keine Prüfungskommission sollte mich je wieder begrüßen und zum Gedankenaustausch und zur Gedankenmanipulation und zur wilden Verschwendung von Steuergeldern einladen. Die Sache war vorbei.

Dann ging ich in den Hausflur zu meinem Briefkasten, denn ich erwartete den ermahnenden Brief eines Redakteurs, dessen Stadtmagazin noch auf eine geniale Glosse aus meiner Feder wartete. Ich schloss das Fach auf und fand zu meiner Verwunderung im Inneren ein Kuvert mit Luftpostmarke. Abgestempelt in New York.

Eilig rannte ich die Stufen zu meiner Wohnung hinauf. Die Küche war meine Lesezimmer für Zeitungen und Korrespondenzen, also nahm ich hier Platz und schnitt mit einem Brotmesser den Umschlag auf. Darin waren einige

Schreibmaschinenseiten. Ich wusste, wer diese Zeilen verfasst hatte und begann sofort zu lesen.

Lieber Konny!

Ich bin wieder zu Hause. Tja, ich kann mir gut vorstellen, wie dir nach meinem kurzen, miesen Abgang zumute war. Und auch was du im Anschluss dachtest: Verräter! Verräter! Verräter! Judas! Judas! Judas!
Und du hast recht. Ich bin natürlich ein Verräter. Aber kein wirklich übler. Das musst du mir bitte glauben. Du kannst sicher ermessen, was für meine Familie und für unser Unternehmen auf dem Spiel stand. Käme die Akte, die ich mir mit deiner Hilfe erschlichen habe, jemals an die Öffentlichkeit, wäre unser Name und das Lebenswerk meines Großvaters ruiniert. Kannst du das verstehen?

Zwar hatte ich insgeheim gehofft, der schurkische Josh (oder Danny) würde irgendwann Kontakt zu mir aufnehmen, weil wir doch zu viel gemeinsam gelacht und erlebt hatten, um ohne ein Wort der Erklärung auseinander gehen zu können. Aber derart rasch von ihm zu hören verwunderte mich.
Es waren sieben Tage vergangen seit Zürich. Mit seiner brisanten Fracht historischer Daten, deren Existenz der Welt verschwiegen werden sollte, war er, wie anzunehmen ist, ohne Verzug in die Limousine seines renommierten Großvaters Giacomo Gordy gestiegen. Über diesen hatte ich inzwischen ein wenig recherchiert. Er wohnte tatsächlich in New York. Also dürfte seine Familie auch dort leben. Ganz offensichtlich entsprach ein Teil dessen, was Josh

mir während seines Aufenthalts erzählte, der Wahrheit. Aber hier stellte sich mir die verwirrende Frage, warum es der amerikanische Schwindler nicht bevorzugt hatte ausnahmslos zu lügen? Warum hinterließ er ohne triftigen Grund Spuren, die er durch eine falsche Aussage hätte vermeiden können? Dieser Widerspruch, dieser seltsame Dilettantismus in einer ansonsten bis in Detail geplanten Täuschungsaktion, war mir völlig unverständlich.

Ich las weiter, gespannt darauf, ob ich Antworten finden würde.

Lass mich zumindest dies erklären: In die Rolle des angeblichen Enkel von Simon Epstein bin ich nur geschlüpft, weil es die einzige Möglichkeit war, glaubhaft mit dem Brief und dem Passierschein an dich heran zu treten. Wie hätte ich sonst mein Interesse an dieser Sache erklären können?

Je länger ich bei dir, deinen Freunden und deiner Familie zu Besuch war, desto weniger war mir wohl in meiner falschen Haut. Das kannst du mir glauben. Aber es stand zu viel auf dem Spiel, um meine Tarnung einfach fallen zu lassen.

Am Morgen nach unserem lustigen Besäufnis in Zürich war ich fast soweit dir alles zu sagen. Ich habe dir immerhin den Namen meines Großvaters verraten, den ich doch unter keinen Umständen hätte nennen dürfen. Aber der Restalkohol machte es möglich. Als du in Zürich den weißen Mercedes mit meinen Leuten wiedererkanntest, war das ein geradezu absurder Zufall. Ich hatte sie telefonisch stets auf dem Laufenden gehalten und so waren sie uns bis in die Schweiz gefolgt, bis zu unserem Hotel. An jenem Morgen war ich allerdings zu betrunken, um meiner Mitteilungspflicht nachzukommen. Normalerweise hätte ich sie informieren sollen, bevor wir das Hotel verließen. Aber durch meine Nachlässigkeit liefen wir ihnen direkt in die Arme. Ein dummer Zufall. Aber betrunken wie ich war empfand ich die ganze Situation als völlig absurd und so plauderte ich – weil ja Betrunkene immer ein wenig zur Wahrheit neigen und weil ich es in diesem Augenblick auch einfach müde war, dich ständig zu belügen – die Wahrheit über den alten Mann einfach aus. Verdammt! Wenn ich in deiner Gegenwart nicht so oft betrunken gewesen wäre, hätte ich mir einige Patzer niemals erlaubt. Und glaube mir bitte, dass mir meine dummen Fehler nicht entgangen sind. Allerdings vernahm ich sie meistens erst dann, wenn ich deine skeptischen Blicke bemerkte.

Aber ich kann dir wirklich nicht alles verraten. Mein Großvater würde mich ohnehin umbringen, wenn er wüsste, dass ich dir schreibe. Und ich meine das nicht unbedingt im übertragenen Sinne.

Aber dennoch so viel: Simon Epstein kam zusammen mit FG nach Amerika. Ich denke, Epstein war ihm trotz allem was passiert war dankbar dafür, noch am Leben zu sein und Deutschland verlassen zu können. Die beiden fassten Fuß in New York und vermutlich half Epstein, als echter Jude mit Verbindungen zu anderen echten jüdischen Emigranten, meinem Großvater bei der kunstvollen Neugestaltung seiner Biografie. Die beiden verloren sich auch später nie aus den Augen. Vielleicht waren sie sogar Freunde. Aber mein Großvater erzählte mir von dieser Geschichte immer nur so viel, wie unbedingt notwendig war.

Wie kam die Feldpost und der Passierschein deines Großvaters nach Amerika? Wir wissen es nicht. Irgendwer muss sie Epstein nach dem Krieg zugeschickt haben. Du hast von dieser „guten Gerda" gesprochen, die in dem Brief erwähnt *wird. Simon Epstein muss irgendwann Kontakt zu ihr aufgenommen haben. Vielleicht unter falschem Namen.*

Vielleicht bat er sie auch den anderen Leuten in deinem Dorf zu verschweigen, dass der noch lebte. Denn bei deinen Erkundigungen in Auersbach bist du auf keine Spur von ihm gestoßen. Aber vielleicht liegt auch einfach schon zu viel Staub auf dieser Geschichte.

Simon Epstein starb vor drei Monaten. Er hinterließ meinem Großvater testamentarisch die beiden Dokumente, die ich dir bei unserem ersten Treffen gezeigt habe. Sonst nichts. Keinen weiteren Gegenstand, keinen Kommentar, keine Erklärung. Nichts. Mir wurde die Aufgabe übertragen (oder vielmehr der Befehl erteilt), die Spurensuche aufzunehmen, Kontakt zu der noch lebenden Verwandtschaft von Konrad Gerstenberg herzustellen, den Rätselspruch zu lösen, den Koffer mit der Akte zu finden und verdammt nochmal so schnell wie möglich nach Amerika zu schaffen. All das habe ich getan. Und ja, es war aufregend. Und ja, ich habe das Agentenspielchen in weiten Teilen auch genossen. Und ja, ich war auf ganzer Linie erfolgreich. Aber ich bin nicht stolz darauf. Wie gerne wäre ich noch länger bei euch in Elderswalde geblieben. Man hat selten das Glück unter Menschen zu sein, mit denen man so inbrünstig diskutieren kann und bei denen gleichzeitig keine zwei Minuten vergehen können, ohne dass man herzlich miteinander lacht. Das werde ich vermissen.

Und mehr bleibt mir nicht zu sagen. Ich würde dich gerne einmal zu mir einladen. Aber du kannst sicher verstehen, dass das unmöglich ist – im Augenblick. Aber wer weiß... Vielleicht später einmal. Vielleicht können wir irgendwann als gereifte Männer mit grauen Haaren auf einer Parkbank

im Central Park sitzen und über die alten Zeiten reden.
Und lachen. Der Gedanke gefällt mir.

Ich wünsche dir alles erdenklich Gute! Und ich hoffe, du
kannst mein Handeln verstehen und bist mir nicht allzu
böse. Wir sehen uns! Als lustige alte Männer mit tausend
Lachfalten.

Bis dann
Danny

Vor Gericht wäre der Brief als Beweismittel unbrauchbar,
denn auf ihm stand kein einziger handschriftlich verfass-
ter Buchstabe, der den Urheber hätte verraten können.
Jeder beliebige Denunziant hätte diesen Brief auf seiner
Schreibmaschine verfassen können. Auch das Kuvert wurde maschinell beschriftet.
Dennoch war es eine freundliche, eine freundschaftliche
Geste von Josh, mir zu schreiben. Das in ihm vorhandene
Bedürfnis, mir eine Erklärung zu liefern und nicht sang-
und klanglos aus dem Geschehen zu verschwinden, ließ
auf ehrliche Gefühle und einen anständigen Charakter
schließen.

Kapitel 36

Ein letztes Glas

August 2018

„Der Brief von Danny lag unter dem Manuskript. Er steckte in dem Luftpostkuvert, das Konny in seinem Text erwähnt. Der Poststempel datiert auf den 17. August 1988. Das war genau neun Tage vor Konnys Tod. Und in der Tat wäre der Brief vor Gericht wertlos, denn jeder hätte diese Schreibmaschinenseiten verfassen können. Danny war nicht dumm."

Marie-Claire ging zu der auf dem Grabstein liegenden Ledermappe, in der Max das Manuskript seit Jahren aufbewahrte. In einer Seitentasche steckte auch das Kuvert mit der Luftpostmarke. Sie nahm es zur Hand und betrachtete es traurig. Der Umschlag stammte aus einer fernen Vergangenheit. Aus einer Zeit, als ihr Bruder noch lebte. Noch neun Tage zu leben hatte.

Der Unflat leerte unterdessen die Whiskyflasche, indem er den restlichen Inhalt auf die beiden Trinkgläser verteilte. Er schloss die leere Flasche und stellte sie wieder auf dem Grabstein ab, wo sie bis zum Morgen stehen bleiben würde – bis irgendwer sie wegräumte.

Auch das gehörte zu ihrem Ritual. Dann nahm er sein Glas zur Hand und erhob es in Richtung seiner alten Freundin.

„Wir sind gleich am Ende angelangt. Also lass uns auf unseren lieben Konny anstoßen und dann den letzten Schluck für den Abschied aufbewahren."

Marie-Claire hob lächelnd ihr Glas und streckte es Max entgegen.

„Auf das, was wir lieben!"

Beide tranken bis nur noch ein letzter Schluck übrig blieb.

Der Unflat stellte sein Glas ab und zeigte auf das Kuvert in Marie-Claires Händen.

„Ich habe diese Luftpost viele Male gelesen und weiß daher, dass Konny deren Inhalt wortgetreu in seinem Manuskript wiedergegeben hat. Sein Antwortbrief, den man gleichsam als sein selbstverfasstes Todesurteil betrachten muss, ist uns leider nicht als Abschrift erhalten geblieben. Ich weiß noch genau, wie er damals in meine Wohnung stürzte und mir diesen Brief aus New York in die Hände warf. Nachdem ich ihn gelesen hatte diskutierten wir lange über dessen Inhalt und welche Absichten Josh bewogen haben mochten, ihn zu verfassen.

Zu diesem Zeitpunkt hatte Konny bereits sein Antwortschreiben in die USA gesendet. Er deutete darin an, ein Buch über seine Erlebnisse verfassen zu wollen.

Die Folgen, die sein Brief letztlich auslöste, waren ihm offensichtlich nicht bewusst. Konny erzählte mir, dass er noch am selben Tag an Danny zurück schrieb. Ein Postfach in Brooklyn war immerhin auf dem Kuvert vermerkt.

Wie lange dauerte früher eine Postsendung in die USA? Vermutlich genauso lange wie heute auch. Mit dem Flugzeug war der Brief in drei Tagen in New York. Ich glaube nicht, dass Josh den Mord selbst veranlasste. Vielleicht war er durch Konnys Romanvorhaben beunruhigt.

Ich denke, nach einigen qualvollen Überlegungen was zu tun sei, fragte er schließlich seinen garstigen Großvater um

Rat. Dieser erwiderte möglicherweise etwas wie: „Mach dir mal keine Sorgen, ich kümmere mich um die Angelegenheit."

Sechs Tage später war die Angelegenheit dann erledigt und Konny lag tot in einem gewaltigen weißen Pulverberg. Rot gesprenkelt. Großer Gott, ich spürte an diesem Tag, dass etwas nicht stimmte. Ich sah diesen Leihwagen. Er fuhr den Berg hinauf zu der alten Fabrikhalle. Das war ungewöhnlich zu dieser Uhrzeit. Warum habe ich nur so lange gezögert? Warum wendete ich nicht sofort meinen verdammten Wagen? Wegen der Frau auf meinem Beifahrersitz natürlich. Jedes Drama beginnt mit einer Frau… und endet mit einem Mann.

Aber was soll´s. Es ist unsinnig über ein Was-wäre-wenn zu grübeln. Wenn ein Kapitel abgeschlossen ist, dann ist die Geschichte eben beendet.

Was Josh betrifft. Oder Danny. Falls er denn so heißen sollte. Vielleicht weiß er bis zum heutigen Tage nichts über Konnys Tod und freut sich noch immer auf den Augenblick, wenn die beiden sich als gereifte Männer mit grauen Haaren wiedersehen. Könnte schon sein. Ich mochte Josh. Der Kerl war okay.

Aber lass uns nun das letzte Kapitel lesen. Der Whisky brennt in meinen Adern und trübt langsam meine Konzentration. Aber ich will diese letzten Zeilen mit der ihnen gebührenden Würde vorlesen. Sie haben es verdient."

Der Unflat hielt kurz inne und blickte seiner Begleiterin mit einem sanften Lächeln in die Augen.

„Also nun, meine liebe Marie-Claire, wollen wir unseren schönen Abend und ebenso unsere Geschichte aus dem Jahr 1988 ausklingen lassen. Wir beide kennen den Ausgang und doch lieben wir das Ende der Geschichte, so traurig es auch sein mag."

Marie-Claire erwiderte das Lächeln ihres Freundes, schloss die Augen und lauschte dem letzten Kapitel.

Kapitel 37

Im Angesicht der Maschine

August 1988

Wer wurde ermordet? Der alte Roßbacher? Der steinalte Keiler?

Einige Fragen bleiben wohl für immer offen. Über andere kann man mit Fug und Recht spekulieren. Giacomo Gordy, ehemals Friedhelm von Görlitz, drängte es, jene Unterlagen in seinen Besitz zu bringen, deren Transport in die sichere Schweiz er im Kriegsjahr 1943 nicht selbst ausführen konnte.

Aufgrund dessen schickte er Jahrzehnte später seinen Enkel nach Deutschland, weil einige wieder aufgetauchte Dokumente ihn beunruhigten.

Das tiefbraune Wesen der Angelegenheit brachte jedoch nicht nur den Enkel über den Atlantik; da er sein Lebenswerk in Gefahr wähnte, trieb es den alten Kunsthändler selbst, bemüht alle Fäden in seinen dürren Händen zu behalten, ebenfalls transatlantisch der aufgehenden Sonne entgegen...

Rentnermord in Elderswalde

Ein denkbar schlechter Romantitel! Aber eine bedenkenswerte Option in unserm Fall. Im Vergleich zu den historischen Dimensionen des Zweiten Weltkrieges erscheint die gegenwärtige Mörderfrage zwar relativ unbedeutend, sie ist aber dennoch erörternswert. Hatte Giacomo Gordy beim Ableben der Trinkerlegende Willibald Keiler sowie beim Hinscheiden des alten Schlächters Roßbacher die Finger im Spiel?

Bei letzterem scheint der Gedanke abwegig. Gordy war an allen Informationen interessiert, die zur Auflösung des Rätsels beitragen konnten. Sein Ziel war es, den seltsamen Spruch der Feldpost zu entschlüsseln, um an die Kontonummer des Bankschließfachs zu gelangen. Also warum sollte der alte Nazi-Günstling von Görlitz eine fröhlich sprudelnde Quelle wertvoller Informationen zum Versiegen bringen?

Nein, für einen Roßbacher-Mord will mir kein rechtes Argument einfallen. Vielleicht rührten die alten stahlhelmbewehrten Geschichten schlichtweg sein brüchiges Metzgerherz an. Vielleicht vibrierte innerlich jeder Winkel seiner verstopften Aorta bei dem Gedanken an die alten Tage, als er zusammen mit seinem Freund, dem Paule, gegen die russische Panzerdivision angerannt ist. Oben bei Smolensk. Vielleicht trat einfach das ein, womit ein stark übergewichtiger alter Metzger jeden Tag zu rechnen hat; der selbstverständliche natürliche Tod.

Anders liegt die Sache beim alten Keiler. Giacomo Gordy war nicht primär an der Wiederbeschaffung alter Dokumente gelegen. Am meisten fürchtete er die Beschmutzung seines Namens durch das Auftauchen und Bekanntwerden dieser Dokumente. Er wusste vermutlich, dass ich gelegentlich für die Presse arbeitete. Wie unendlich bedrohlich musste ihm also die Möglichkeit erschienen sein, dass ich bei meinem nächsten Besuch des alten Keilers eines seiner Tagebücher einsteckte, dessen Inhalt kopierte und an irgendeine Redaktion schickte. In den Tagebüchern des alten Keilers befanden sich Beweise für die Verbindung von drei Lebensspuren. Die von Friedhelm von Görlitz, die von Konrad Gerstenberg senior und die von Simon Epstein. In diesen Büchern lag eine enorme Gefährdung für das zweite Leben des Giacomo Gordy. Diese Tagebücher bedeuteten für den alten Kunsthändler, in seinem weißen Mercedes irgendwo in Elderswalde sitzend, eine existenzbedrohende Gefahr. Diese zu vernichten war ihm wichtiger, als Zugang zu dem Schweizer Nummernkonto zu erhalten. Deswegen das Flammenmeer. Seine Gorillas werden gezündelt haben.

Aber ich habe für meine Vermutungen keine Beweise. Und das abgebrannte Haus des alten Keilers ist unterdessen eingeebnet worden. Alle möglichen Restspuren inbegriffen. Womit sollte ich zur Polizei gehen? Mit einer abenteuerlichen Geschichte, die ich selber haarsträubend fände, wenn sie mir ein Fremder an der Theke erzählte? Nein. Es gibt keine Beweise. Es existieren keine glaubwürdigen Anhaltspunkte. Die Yankees haben gewonnen.

Hier steh´ ich nun, ich armer Tor und bin so pleite wie zuvor. Der kleine Ausflug in die Schweiz hatte meine letzten Geldreserven verschlungen. Sogar das Hotel in Zürich ging auf meine Kappe, nachdem mein Reisegenosse es vorgezogen hatte, seinen Abgang mit einer Kleinkaliberpistole abzuwickeln.

Aber ich habe Glück! Der Unflat lieh mir zur Überbrückung meiner finanziellen Unpässlichkeit das Doppelte der Summe, um die ich ihn gebeten hatte. Hilfreich ist es ferner in einem Land mit einer intakten, weltkriegserprobten Wirtschaft zu leben. In unserem Nachbarort steht eine Fabrik für Kunststoffformteile. Ein mittelständisches

Unternehmen mit guter Auftragslage. Vor ein paar Jahren arbeitete ich dort über die Semesterferien als Maschinenbediener in der Nachtschicht und verdiente mir, wie der Unflat sagen würde, goldene Sackratten.

Die Nachtstunden verbringt man dort unter dem gewaltigen Fabrikdach einer menschenleeren Halle, nur in Gesellschaft eines maschinellen, vielarmigen Ungetüms. Man stemmt üppige Formteile auf den Schoß der Bestie und reißt über einen grünen Knopf das Ungeheuer aus dem Schlaf, woraufhin es unter tosendem Lärm hier und dort zubeißt, mit schrillem Diskant bohrt, lauthals fräst und Vertiefungen verschiedener Art anfertigt.

Zieht sich das Monster dann letztlich wieder in seine Höhle zurück, nimmt man das angenagte Werkstück, das durch diesen Prozess zum zukünftigen Teil einer neuen Schöpfung gedieh, von der Ablage herunter, legt es zu den anderen Opfern und dann immer so weiter.

Um den grellen Lichtkegel herum, der die Maschine arbeitsrechtlich korrekt beleuchtet, ist es nachts wunderbar finster. Zusammen mit dem Gehörschutz, der einen ganz in die Innenwelt treibt, durchlebt man die Nächte in weltvergessener Abschottung. Eine Empfindung, die Raum lässt für Gedankenspiele und allerlei kostbare Phantasien.

In eben jener Fabrik, in derselben Nachtschicht, in derselben versiegelten Ruhe, organisierte mir ein Nachbar, den ich um Rat gefragt hatte, einen Job für volle drei Monate. Sechs Nächte die Woche, viermal im Monat. Danach wäre ich, bei sparsamer Lebensführung, wieder für ein gutes Jahr flüssig.

Nach einigen Überlegungen, deren Inhalt die weitere

Gestaltung meines Lebens war, gelangte ich zu dem Entschluss, einen lange gehegten Traum in die Tat umzusetzen und einen Roman zu schreiben.

Ein Thema ist mir ja nun unverkennbar gegeben. Und wenn ich auf das beschriebene Papier zurückblicke, bin ich guter Hoffnung aus dieser Fülle bunter Inspirationen einen echten Roman formen zu können. Vielleicht bekommt jeder Autor nur einmal im Leben ein großes Thema geschenkt. Und dies ist mein Thema.

Nebenbei werde ich Erkundigungen einholen. Ich will mehr erfahren über Giacomo Gordy und seine Verbindungen zu den Fluchtrouten der Nazis.

Ich will mehr wissen über die Transporte, die mein Großvater eskortierte. Ich will in aller Tiefe verstehen, was dieser Kunstraub für das Leben meiner Familie bedeutete...

Natürlich habe ich bereits einen Titel für mein künftiges Werk vor Augen. Der Name des Romans wird wohl auf HELLFROZEN FUCKFOOD hinauslaufen. Diese zwei irrwitzigen Wörter haben mich sofort begeistert und zum Lachen gebracht, als ich sie zum ersten Mal hörte. Es ist schlicht und ergreifend göttlich, dass der menschliche Verstand solche Begriffe ersinnen kann. Mochte die Band hinter diesem Namen auch die schlechteste Musikformation aller Zeiten sein, vom Erfinden bizarrer Absurditäten verstand sie etwas. Und nichts beschreibt die Essenz des Lebens – und was wäre ein guter Roman anderes als das Leben selbst – treffender als der Begriff „Absurdität".

Aus der Distanz erscheinen uns viele Aspekte des Lebens völlig absurd und es gibt nur wenig, dem wir ernsthaft einen höheren Wert beimessen (oder zulügen) könnten.

Aus unendlicher Distanz betrachtet würde vermutlich nichts Sinnvolles mehr übrigbleiben - all unsere Emotionalität würde sich als Amöben-Unfug offenbaren, sich in Sinnlosigkeit auflösen und wir würden erkennen, dass alle unsere Sorgen grundlos gewesen sind.
Dieser Gedanke ist tröstlich.

Mit einem großen Lächeln schreibe ich nun diese letzten Zeilen meines kleinen Rapports nieder. Denn jetzt lacht mir das Glück vom Himmel herab. Drei Monate Nachtschicht und eine Unmenge Zeit. Die Arbeit beginnt um zehn Uhr abends und endet um sieben Uhr früh. Daher werde ich mich künftig am frühen Morgen (innerlich gefüllt mit erlesenen Ideen) an meinen Arbeitstisch setzten und bei einer Kanne Kaffee (oder bei Bedarf einer Sechserpackung Pils) auf der Schreibmaschine Klavier spielen.
Am heutigen Abend um zehn Uhr beginnt die erste Schicht. Noch eben spazierte ich durch einen sonnigen Spätsommertag, durchstreifte mein Auersbach, grüßte einen Altbekannten hier, hielt ein Schwätzchen dort und war glücklich. Ging vorbei an dem abgebrannten Flecken Erde, auf dem einmal das Haus des legendären Zechbruders Willibald Keiler stand – nun hätte ich Zeit ihn zu besuchen, aber es ist niemand mehr da. Hätte früher kommen sollen. Ich hätte früher aber nicht daran gedacht, mal an seiner Türe zu schellen. Hätte zu viel Scheu gehabt.
Aber nun bin ich älter und reifer und klüger und werde so manchen Fehler nicht wiederholen und ein formvollendetes, wundervolles Leben führen. Ich freu mich drauf...

Kapitel 38

Ein letzter Satz

August 2018

„Ich freu mich drauf...“
Der Unflat lächelte mit verschwommenem Blick über die Gräber hinweg.
„Kann man den letzten Satz, den man der Nachwelt hinterlässt, hoffnungsvoller formulieren?“
Er legte das Manuskript in die Ledermappe zurück und klappte sie behutsam zusammen.
„Nein, Max... Schöner kann man eine solche Aufzeichnung nicht beenden. Wir haben ein wundervolles Geschenk erhalten... Wo anderen nach einem schrecklichen Verlust nur offene Fragen bleiben, haben wir – wenngleich mit 15 Jahren Verspätung – viele Antworten erhalten.“
Marie-Claire hatte sich zu Beginn des letzten Leseabschnitts auf die kleine Holzbank gesetzt, weil der Boden unter ihren Füßen schwankte. Sie war betrunken. Allerdings im besten Sinne. Sie befand sich auf dem Zenit der angenehmen Trunkenheit.
„Es war – wie immer – ein schöner Abend mit dir, mein lieber Unflat. Ich freue mich jetzt schon darauf, dich im nächsten Jahr wiederzusehen. Und nun lass uns trinken.“
Sie stand auf und ging um das Grab herum auf Max zu. Beide erhoben ihre Gläser in Richtung des Grabsteins und tranken den letzten verbliebenen Schluck in einem Zug aus. Dann umarmten sie sich fast eine Minute lang und gingen anschließend wortlos auseinander. Auch das war ein Teil

ihres Rituals. Es gehörte in gewissem Sinne schon zu der Vorbereitung der folgenden Geburtstagsfeier.

Die Whiskyflasche und die Gläser blieben auf dem Grabstein zurück. Irgendwer würde sie entfernen. Aber solange diese Utensilien der Trinkkultur dort standen, war betrunkene Erinnerung in der Welt. Solange sie dort standen, war Konny Gerstenberg lebendig. Und was hätte ihm größere Freude bereitet, als in einem fröhlich trunkenen Gedanken weiterzuleben.

Letzte Schicht

26. August 1988

Konrad Gerstenberg ging mit einem wehmütigen Lächeln vom Tor der alten Maschinenhalle zurück an seine CNC-Maschine. Er legte ein neues Werkstück auf und sah der Maschine bei ihrer nagenden, stanzenden und sägenden Arbeit zu.

Noch eben besuchte ihn sein bester Freund in Begleitung einer hübschen Person, die ihm als dessen neue Freundin und Frau fürs Leben vorgestellt wurde. Die beiden hatten eine Sechserpackung Bier mitgebracht; immerhin hatte der einzige Arbeiter der Nachtschicht um Mitternacht Geburtstag. Verstaubt, ein wenig müde im Kreuz und doch aufrichtig glücklich, weil sein bester Freund so selig strahlte, nahm er eine Flasche entgegen, um auf das Wohl seiner Besucher anzustoßen.

Die Aufforderung, die Arbeit sausen zu lassen, um mit den beiden in die nächstbeste Kneipe zu gehen, lehnte er freundlich ab. So blieb er in dem hell erleuchteten Werktor zurück, während er dem Wagen seines Freundes nachblickte, der sich langsam über die langgestreckten Serpentinen verabschiedete, bis die Nacht ihn verschluckte.

Zurück in der Halle setzte er seine Schutzbrille auf und blickte mit einem glücklichen Lächeln über die dröhnende Peripherie seines werktätigen Umfelds, deren komplettes Inventar mit einer fingerdicken weißen Staubschicht bedeckt war. Eine Szenerie, die er inwendig umgestaltete zu schneebedeckten Bergen, über denen eine freundliche Alpensonne strahlte; und umgeben von kristallklarer Höhenluft dankte er Gott oder dem Wunder der Evolution oder wem auch immer für die wunderbare Gabe seiner uferlosen Phantasie, während er der Maschine neues Futter gab.

So fand er sein Glück im Inneren und bemerkte unter der Lärmglocke seiner industriellen Umgebung nicht den Eindringling, dessen Schritte sich langsam und unhörbar der monströsen Maschine näherten. Bemerkte nicht, während wundervolle Bilder durch seinen Kopf strichen, jene kleine Handfeuerwaffe, die der ungebetene Besucher aus der Innentasche seines Jacketts zog. Träumte noch immer von Figuren und Szenen neuer Geschichten, indes die Maschine langsam mit ihrem Werkstück zum Ende kam. Hatte keine Ahnung vom rückwärtigen Geschehen, als der Staub sich erneut wie ein weihnachtlicher Schneefall sachte auf seinen Kittel setzte. Witterte kein Verderben, während der Mann ebenso langsam, wie er durch die lange Halle gekommen war, seine Waffe in die Horizontale brachte, sein Ziel anvisierte und schoss.

Nachwort

Manche Geschichten wachsen aus sich selbst. Ein solches Gewächs ist der vorliegende Roman. Seine Wurzeln liegen in einem abgelegenen Tal, über das sich eine monumentale Eisenbahnbrücke spannt. Sie steht in den Wäldern meiner Heimat; und als sie zu Beginn des 20. Jahrhunderts erbaut wurde, galt sie als eine der größten Brücken Europas. Irgendwann wurde sie allerdings stillgelegt und blieb ungenutzt im Wald zurück.

Als Kind trieb ich mich oft mit meinen Freunden in den Wäldern herum und so fanden wir eines Tages dieses gigantische, verwitterte Bauwerk. Die Brücke zog uns sofort in ihren Bann und in den folgenden Jahren besuchten wir regelmäßig diesen Ort; tranken Bier, redeten und genossen den Blick über das weite Tal zwischen den bewaldeten Bergen.

Eines Tages las ich in der Zeitung, dass sich ein Mädchen nachts von der Brücke gestürzt hatte. Als ich wenig später wieder einmal an der Brüstung stand bewegte mich die Frage, was wohl in ihr vorgegangen sein mochte, bevor sie sprang. Aus diesen Gedanken entstand das Gedicht von der Geisterbrücke und aus diesen Versen wiederum entwickelte sich ein Comic-Roman über das Leben eines Künstlers, der dem Mädchen auf der Brücke begegnete und der sie doch nicht retten konnte.

Alle Verlage denen ich meinen Comic vorstellte lehnten eine Veröffentlichung ab. Aufgrund dieser Erfahrung ging ich dazu über meine Geschichten, die ich bisher immer gezeichnet hatte, in Worte zu fassen. Irgendwann begann ich über Konny Gerstenberg und seine so unterschiedlichen Großväter zu schreiben (inspiriert durch meine eigenen, teils sehr verstörenden Erfahrungen mit der Kriegsgeneration). In die Handlung flossen ferner auch Elemente des unveröffentlichten Comics ein. Nachdem ich die erste Fassung der Geschichte beendet hatte, schien mir allerdings noch etwas Wesentliches zu fehlen: Eine klärende Instanz, die Konny Gerstenbergs teils rauschhaft niedergeschriebenen Aufzeichnungen aus der Distanz betrachtet.

Für diese Aufgabe waren Marie-Claire und Max bestens geeignet. Dramaturgisch betrachtet liefert ihr kleines Friedhofsfest einen Spannungsbogen, der die ganze Geschichte umklammert. Inhaltlich bringen sie durch ihre Betrachtungen Licht ins Dunkel, wenn Konny Gerstenbergs Phantasie wieder allzu wilde Blüten treibt.

Aus all diesen Fragmenten wuchs über die Jahre hinweg der Roman FUNKENFLUG; ihm zugrunde liegt der Suizid eines Mädchens. Ich habe sie nie kennengelernt und weiß nichts über sie.

B. R.